www.mayabooks.co.kr

www.mayabooks.co.kr

재벌집 망나니
7대독자

재벌집 망나니
7대독자 ⑤

지은이 | 앤서
펴낸이 | 권순남
펴낸곳 | (주)마야·마루출판사

등록 | 2008. 1. 7(제310-2008-00001호)

초판 인쇄 | 2020. 3. 27
초판 발행 | 2020. 4. 1

주소 | 서울특별시 노원구 동일로237가길 17, 신영산업 BD 602호
대표전화 | 02-2091-0291
팩스 | 02-2091-0290
이메일 | marubooks@mayabooks.co.kr

ISBN | 978-89-280-7640-6(세트) / 979-11-368-0197-5
정가 | 8,000원

잘못된 책은 교환하여 드립니다.
저자와 협의하여 인지를 붙이지 않습니다.

「이 도서의 국립중앙도서관 출판시도서목록(CIP)은 서지정보유통지원시스템 홈페이지(http://seoji.nl.go.kr)와 국가자료공동목록시스템(http://www.nl.go.kr/kolisnet)에서 이용하실 수 있습니다.」
(CIP제어번호:CIP2020008613)

MAYA&MARU MODERN FANTASY STORY

재벌집 망나니 7대독자

앤서 현대 판타지 장편소설

❖ 목 차 ❖

제1장. 장례식 …007

제2장. 적과의 동침 …037

제3장. 분쟁 지역으로 …065

제4장. 즐거운 인생 …145

제5장. 라인 …187

제6장. 퍼니셔 …245

제7장. 악마 …289

재벌집 망나니
7 대독자

*이 소설은 픽션입니다. 모두 허구임을 알려 드립니다.

재벌집 망나니
7대독자

"대통령님께서는 문화 융성과 창조 경제를 새 정부의 핵심 과제로 삼으셨어요."

"아, 그러셨군요."

메리 앤은 빨리도 잡았다는 생각이 들었다.

물론 공약이란 것이 있으니 그걸 토대로 말하는 것이겠지만, 아직 인수위원회 인선도 끝내기 전인 걸 감안하면 도전적이라고 봐도 좋을 정도.

메리 앤은 국내 정치권에 대해 그다지 아는 것이 없었다.

미국에서는 거의 모든 일을 도맡아 하면서, 경제계는 물론 정치권 깊숙한 곳까지도 인맥이 뻗어 있었다.

그러나 그건 이미 옛날이야기.

손 놓은 지 몇 년 되었다.

지금은 자주 만나는 사람이래 봐야 유니세프 관계자나 홍보대사인 안졸리나 졸려 정도였다.

메리 앤은 피식 웃었다.

안젤리나 졸리를 이진은 늘 그렇게 말한다.

그리고 재미있지 않으냐는 표정으로 웃어 주길 바랐다.

재미없었는데 웃어 주다 보니 그런 썰렁한 농담이 재미있어졌다.

메리 앤이 웃자 최서원의 눈동자가 안경 너머에서 번뜩였다.

"왜요. 우리 핵심 과제가 그렇게 웃겨요?"

"아, 아니요. 잠깐 다른 생각이 나서요. 계속 말씀하시죠."

다른 생각?

감히…….

최서원은 열이 받았지만 슬그머니 물러서야 했다.

다른 국내 기업들이야 어떻게든 쥐어짤 수 있지만 테라는 다르다.

달라서 직접 미리 나선 것이었다.

집권 초반에 기선을 잡아 놓지 않으면 5년간 테라에 끌려다닐 것이 분명해서 말이다.

"대통령님께서는 테라가 새 정부의 그런 목표에 적극 협조해 주길 바라세요."

"물론 그럴 겁니다. 누가 뭐래도 저나 우리 회장님은 한국인인걸요?"

아닌 것 같은데?

최서원은 당당하게 말하는 메리 앤에게 짜증이 났다.

미셸 오바마와 친구 먹는 사이라더니…….

'이년아! 네가 금발인데 어떻게 한국인이야?'

아무튼 결론을 내야겠다는 생각이 들었다.

"그러시다면 감사드리죠. 앞으로 제가 종종 연락을 드릴 거예요."

일단 우호적으로 끝을 맺으려는 찰나, 메리 앤의 눈동자가 의문으로 물들었다.

왜냐고 묻는다.

아니나 다를까?

"최서원 사장님께서 연락하실 일은 없을 것 같은데요?"

"예?"

"곧 정부 조직이 꾸려지면 문화 관련 새 정부 부처 장관님이 정해질 테고, 그때 공식적으로 연락하시는 것이……."

"그 말은……."

"물론 최 사장님께서 그런 직책을 맡지 못하신다는 말씀은 아니에요. 다만 우리 테라는 모든 일을 공식적으로 처리하는지라……."

명백한 거부 의사다.

장례식 • 11

자신을 인정하지 않겠다는데 기분이 좋을 사람은 없었다.

게다가 이제 갓 서른 넘은 계집년이…….

"그 말은 내 말에는 협조 못하겠다는 뜻인가요?"

"저희가 개인적인 사안으로 뵐 사이는 아니니까요."

"하! 뭐 이런……! 내가 대통령님 밀사로 여기 온 거야!"

결국 최서원의 입에서 막말이 나오고 말았다.

밀사라니?

무슨 독립운동 하느냐고 묻고 싶을 지경.

"그렇다면 더 아니죠. 다음에는 정식 경로를 밟아 주세요. 저희는 어떤 일이든 몰래 처리하지는 않거든요."

"야! 너 내가 누군지 알고 지금 그따위로 떠드는 거야?"

최서원의 입에서 호통이 터져 나왔다.

메리 앤은 화들짝 놀라며 고개를 돌렸다.

문이 열리며 문소영이 들어와 최서원 앞에 섰다.

"그만 나가 주시죠. 면담 끝났습니다."

"뭐 이런 것들이 다 있어?"

"강제로 끌려 나가시겠습니까?"

"으으으… 니들… 테라도 어디 두고 보자."

"예. 그만 나가시죠."

문소영이 움직이려 하자 최서원은 독기를 잔뜩 품은 눈으로 메리 앤을 노려보다 일어섰다.

최서원이 문밖으로 나갈 때까지 메리 앤은 고개를 돌린 채 앉아 있었다.

문 닫는 소리가 들리자 그제야 주위를 살핀다.

"휴! 무서워."

"눈깔을 뽑아 버릴까요?"

"문 실장도 참! 근데 방에 장미는 왜……."

"그게… 오늘 두 분이 오붓한 시간을 지내시라고……."

"근데 왜 여기로 데려왔어요?"

"보안 검열을 한 장소가 이곳뿐이라서……. 송구합니다."

"아니에요."

메리 앤은 고개를 가로저었다.

차진영은 정권 실세 아줌마를 달래러 따라간 것 같았다.

잠시 숨을 고를 때, 문이 열리며 이진이 헐레벌떡 뛰어와 소리쳤다.

"뭐 해! 댄스 타임이야!"

메리 앤은 그런 이진을 잡아먹을 듯 노려봐야 했다.

최서원.

1956년 7월 서울특별시 마포구 아현동에서 최태민의 다섯째 딸로 태어났다

아버지 최태민은 1912년생으로 경찰, 승려, 대한구국 선교단 총재, 사이비 교주 등 다양한 이력을 가졌던 인물이다.

한마디로 필요에 따라 직업을 선택한 경우라고 봐야 한다.

어쨌든 댄스파티 내내 메리 앤의 손을 놓지 않았던 이진은 뒤늦게야 최서원의 방문 소식을 들었다.

그래서 최서원에 대해 생각하게 되었다.

이미 미래를 살아 본 박주운의 경험으로 볼 때도, 결코 바람직하지 않은 결과로 차기 정권을 이끈 인물이 바로 최서원.

사상 초유의 대통령 탄핵 당시 대통령 본인은 경제적으로 아주 깨끗했다.

말 그대로 한 푼도 받은 적이 없다.

그러나 그런 대통령의 권력의 그늘에서 돈을 챙긴 사람들은 부지기수였다.

그 일을 역사적 평가에 맡긴다 하더라도 한 가지 빼놓을 수 없는 것이 있었다.

그것은 바로 배신감이었을 것이다.

애당초 대한민국 첫 여성 대통령에게 거는 국민적 기대는 남달랐을 터였다.

그러나 그런 대통령 대신 다른 누군가가, 그것도 어떤 직책도 없는 사람이 권력을 나눠 가진 것도 모자라 행사했다면……

그 정도가 어찌 되었든 국민적 감정을 건드리기에 충분했을 것이다.

메리 앤은 최서원이 무서웠다고 말했지만, 이진이 듣기에는 엄살로 들렸다.

어쨌든 메리 앤이 거의 쫓아내듯 보내서인지 더 이상의 접촉은 없었다.

2013년 1월 15일.

대통령직 인수위원회가 정부 조직 개편안을 발표했다.

새 정부 조직을 17부 3처 17청으로, 미래창조과학부와 해양수산부를 신설하기로 했다는 내용.

확실히 최서원의 입김이 작용한 것인지, 아니면 대통령의 복심이 원래 그랬던 것인지 미래창조과학부란 것이 생겼다.

이진은 그 미래창조과학부를 주시했다.

1월 21일, 오바마의 새 임기가 시작되었다.

이진은 미국을 방문하는 대신 축전으로 인사를 전했다.

이진은 연말에 연봉 파티를 실천에 옮긴 것은 물론, 새해가 시작되자마자 곧바로 5대 기업의 인사 개편에 들어갔다.

사장을 회장으로 승격시키고 책임 경영을 맡도록 대대적인 개편에 나선 것이다.

2013년 초반은 활황의 극을 달리고 있었다.

돈이 넘쳐 나는 테라 임직원들에게는 모두 보름 동안의

휴가가 주어졌다.

 그러는 가운데 에티오피아에서 테라 다이나모 첫 번째 모델의 생산이 시작되었다.

 이진은 대형 발전 설비를 만들지 않았다.

 그것이 불러일으킬 파장이 문제가 될 것이 확실했기 때문이었다.

 만약 대형 발전 설비를 생산해 보급하면 곧바로 현 경제 체제의 붕괴가 뒤를 이을 것이 확실했다.

 그리고 그 경제 체제의 붕괴는 정치적인 문제로 비화될 것이 자명했다.

 '전쟁은 다른 수단에 의해서 수행되는 정치의 연장에 불과하다.'

 칼 폰 클라우제비츠가 한 말이다.

 테라 다이나모의 대형 설비는 충분히 전쟁을 불러올 정치적인 문제였다.

 우선은 에티오피아에 시험용 대형 발전 설비를, 그리고 소형 발전 설비들을 생산해 차츰 에너지 시장을 잠식해 나가자는 목표를 세웠다.

 그 결과 에티오피아의 전력난은 곧바로 해소되었다.

 모두가 태양열 발전 설비로 위장되어 테라 다이나모에

대한 정보는 새어 나가지 않았다.

2013년 2월 25일.

새 대통령의 취임식이 예정되었다.

국내외 주요 인사들에게 초청장이 전해졌지만 이진에게는 오지 않았다.

심지어 강우신은 물론 나머지 4대 기업 회장들이 다 초청장을 받았는데도 말이다.

취임식이 목전에 달했음에도 더 이상 연락은 없었다.

일종의 테라 길들이기라는 걸 잘 알고 있었지만, 이진은 그것에 신경 쓸 겨를이 없었다.

표면적으로 볼 때 한국은 행복의 절정에 들떠 있었다.

사상 최대의 경기 호황과 6G 통신 혁명으로 이진도 경험하지 못한 수많은 첨단 기술 제품들이 시장에 쏟아졌다.

그 핵심 기술들은 모두 테라가 보유한 지적 재산권을 기반으로 하고 있었다.

테라는 작년에 벌어들인 전체 수입을 2개월 만에 달성했다.

그러나 이진은 그런 기쁨을 누릴 겨를이 없었다.

할아버지 이유의 건강이 급속도로 악화되었기 때문이다.

할아버지 이유는 걸음을 걸을 수 없게 되자 곧바로 미국행을 고집했다.

한국에 마련된 선산이 아닌 미국 웨스트버지니아 묘역에 묻히기를 원한다고 직접적으로 말했다.

하는 수 없이 이진은 이스트사이드의 저택으로 할아버지 이유를 모셔야 했다.

❖ ❖ ❖

"새 대통령과는 어떠냐?"
"아직 만나 보지 못했습니다."
이스트사이드 저택의 정원.
이진의 일상도 할아버지 이유와 함께하는 시간들로 채워졌다.
오전에는 삼둥이가 할아버지와 시간을 보냈고, 저녁에는 메리 앤이 함께했다.
이진과 함께하는 시간은 아침 식사 전이었다.
수척해진 할아버지를 바라보며 이진이 대답했다.
"한번 만나 볼 것이지······."
"앞날이 그다지 평탄하지는 않을 겁니다."
"지난 대통령도 그렇겠지?"
"예."
이진은 나직이 대답했다.
긴 흔들의자에 깊게 몸을 파묻은 할아버지 이유의 목소리는 힘이 없었다.
"미국은 걱정 말아라."

"예, 할아버지."

할아버지 이유는 점심을 먹고 나면 늘 미국의 정치인들과 경제계 인사들을 접견했다.

건강상 힘든 일이라 다들 말렸지만 소용이 없었다.

다 이진과 테라의 미래를 위한 일이었다.

"이제 그만 만나셔도 돼요."

"내 힘닿는 데까지는 해야지."

"걱정 마세요. 제가 알아서 할게요."

"그래……."

이진의 말에 할아버지 이유가 대답했다.

잠시 침묵이 흘렀다.

그리고 다시 할아버지 이유의 말이 흘러나온다.

"원망스러우냐?"

"……."

누가 원망스러운지 물으시는 것일까?

아니면 무엇이 원망스럽냐고 물으시는 것일까?

이진은 종잡을 수가 없었다.

할아버지 이유와는 본질적인 문제에 대해 묵시적인 말들만 오갔을 뿐, 다 까발린 적은 없었다.

이진도 늘 궁금했다.

할아버지는 자신이 원래의 이진이 아니란 것을 알고 있을까?

아니면 다른 무언가가 있을까?

선대의 모든 기록에도 그에 대한 답은 없었다.

그럼에도 이진은 묻지 않았었다.

삶은 지금을 사는 것이었기에 그게 중요하다고 생각하지 않기로 했던 것이다.

그러나 그런 문제들에 대한 해답을 지녔을지도 모를 할아버지 이유의 건강이 악화되자…….

그러지 않으려고 하는데도 그 궁금증은 극한으로 치달았다.

이진은 입에서 나오려는 말을 간신히 참아 넘겼다.

그때, 할아버지 이유의 음성이 흘러나왔다.

"붉은 먹물은 피눈물을 상징했다. 영조대왕에 대한 원망과 한이 담겼었지."

"……."

"그래서 늘 먹을 붉은색으로 만들어 썼다."

"……."

이진은 귀를 세운 채 가만히 듣기만 했다.

"모두 다 제명대로 사셨다. 나 역시 그렇게 되었구나."

"……."

"하나 네 아버지는 아니었다. 원래는 네 아버지가 지금 이 자리에 있어야 하는데……."

이진은 헷갈렸다.

아닌 것인가?

선조 대대로 자신이 아닌 다른 사람으로 살았을지도 모른다고 생각했었다.

그래서 그런 빙의자가 아는 미래의 정보들로 막대한 부를 쌓았을 것이라고 여겼는데…….

"호흡을 다스리고 붉은 먹을 갈아 기록을 하면 늘 선택이 명확해졌다. 그게 우리 가문의 비밀이라면 비밀이지."

"할아버지!"

이진의 음성이 약간 들떴다.

"나도 그랬고 훈이도 그랬지."

할아버지의 입에서 이진의 아버지 이훈의 이름이 나온 것은 처음이었다.

"그러나 명을 다하지 못한 것은 훈이가 처음이었다. 세상 모든 것을 다 준다 해도 아깝지 않은 아들이었다."

할아버지 이유의 두 눈에서 눈물이 주르륵 흘러내린다.

닦아 드려야 했지만 이진은 그럴 수 없었다.

"죽고 싶은 심정이었다. 그러나 네가 있었지. 그래서 다들 산 것이다."

"……."

할아버지 이유의 음성이 다시 들렸다.

"네 사고……. 병실에서 널 봤을 때 참 낯설다 느껴졌다. 네가 내 손자가 아닌 것 같았지."

이진은 가슴이 덜컥했다.

선조들은 이진과 같은 경험을 한 것이 아니었던 것이다.

그렇게 생각했는데 아니다.

할아버지 이유의 말이 이어졌다.

"모든 게 내 두려움 때문이었던 게다. 너마저 잃을까 미리 정을 떼고 싶었던 것인지도……."

아니다.

사람의 본능이란 무서운 것.

할아버지 이유는 이진을 처음 보고 이질감을 느꼈던 것이 틀림없었다.

손자가 아님을 말이다.

본능적으로 그렇게 느껴졌을 것이다.

당연히 이진은 아니었다.

박주운이었으니.

결론은 명확해졌다.

이진은 죽었고, 그 자리에 신은 박주운을 꽂아 넣은 것이다.

그렇지 않았더라면 원래의 테라는 원래의 이진에 의해 세상 밖으로 나오지 않았을지도 모른다.

조용히 언더커버로 전처럼 가문을 유지했을 수도.

신은 대체 테라를 세상 밖으로 끌어내어 무얼 하려고 한 것일까?

"넌 잘해 주었다. 날 원망하지 않니?"

"아니요."

"그 아이 말이다."

샤롤이란 프랑스 여자 이야기다.

"이 할애비가 한 일은 없다. 하지만 누군가 손을 쓴 것만은 분명하다. 그걸 알아내야 했는데……."

"괜찮아요, 할아버지! 제가 알아서 할게요."

이진은 할아버지 이유의 손을 잡았다.

"미안하구나. 미안해. 그렇게 될 줄 알았다면… 메리에겐 미안한 말이지만 너와 샤롤을 맺어 줄걸……."

"괜찮아요, 할아버지! 메리는 좋은 여자인걸요."

"그래도……."

섬망 증상이라고 그랬던가?

의식 장애와 내적인 흥분.

그로 인한 정신적 착란을 말한다.

할아버지 이유의 경우 약물의 부작용임이 분명했다.

이진이 할 수 있는 일은 없었다.

할아버지 이유의 눈이 감긴다.

그러다 다시 눈이 떠졌다.

그리고 나직한 말이 흘러나왔다.

"그리고 지나고 보니… 넌 많이 다르구나."

"……."

이진은 속이 울렁거렸다.

무슨 말씀을 하려는 것일까?

설마 손자가 원래 손자가 아니라는 걸 아시는 걸까?

"그게 중요한 것은 아니지."

"……."

할아버지 이유의 말에 이진은 안도했다.

"어느 왕이든 성군이고자 하지 아니한 분이 없다."

"예."

전에 이곳에서 들은 말이다.

"하지만 성군으로 불린 임금은 많지 않다. 네 대에서 내려놓아라."

"할아버지!"

"끊어 내라. 넌 할 수 있다. 더 이상 연연하지 마라. 내 손자들에게 부담스러운 것을 물려주지 마라."

"…예, 할아버지!"

"그게 내가 마지막으로 웨스트버지니아에 묻히려는 이유다. 나로 끝나는 게야."

이진은 대답하지 못했다.

아이들을 위해서일 것이다.

삼둥이가 테라에 갇혀 살기를 할아버지 이유는 원하지 않고 있었다.

"쉬고 싶구나. 그만 가서 일 봐."

❖ ❖ ❖

그날 이후 할아버지 이유의 병세는 급격하게 악화되었다.

그리고 한 달 후.

할아버지 이유가 영면에 들었다.

이스트사이드 저택은 눈물바다가 되었다.

곧바로 장례위원회가 구성되었다.

가족장이었지만 문상을 올 사람이 많아 그렇게 한 것이다.

장례위원장은 두 가문의 수장인 오시영과 전칠삼이 맡았다.

두 노인은 삼베 상복을 입고 건을 쓴 것도 모자라 지팡이를 짚고 문상객이 올 때마다 곡을 했다.

그게 가족들을 더 슬프게 했다.

그러나 이진은 그걸 막지는 않았다.

다만 장례를 석 달 치르겠다는 걸 7일로 줄였다.

장지는 유언대로 웨스트버지니아 묘역으로 결정되었다.

모든 절차는 전통에 따랐으나 마지막 날은 미국식으로 추도식이 거행되었다.

웨스트버지니아 묘역에 10만에 달하는 문상객이 몰려들었다.

테라에 속한 가문들의 식솔들과 그룹 관련 인사들까지 더해지자 규모가 커진 것이다.

이진은 어머니 데보라 킴, 그리고 메리 앤, 삼둥이와 함께 의자에 앉아 문상객들을 맞았다.

한 명씩 꽃을 놓고 가다 보니 시간은 하염없이 길어졌다.

가장 많은 눈물을 보인 사람은 어머니 데보라 킴과 안나였다.

그다음은 메리 앤.

눈물이 마르기도 전에 다시 흘러내리면 삼둥이가 달려들어 눈물을 닦아 주었다.

이진은 울지 않았다.

중요한 인물들과 간단한 악수만을 나눴다.

한동안 문상이 계속될 즈음, 법무 담당 마이클이 이진에게 다가와 귓속말을 건넸다.

"회장님! 꼭 만나 보셔야 할 분이 계십니다."

"그래요?"

이진은 자리에서 일어났다.

할아버지의 관에 꽃을 놓고 오는 노인은 낯설었다.

이진은 내려가 노인과 마주했다.

"고인의 명복을 빕니다."

"와 주셔서 감사드립니다."

의례적인 인사가 오가자 마이클이 노인을 소개했다.

"빈센트 록펠러 회장님이십니다."

"고인과는 몇 번 뵌 적이 있습니다."

빈센트 록펠러.

록펠러 가문 사람임이 분명한데 아는 사람이 아니다.

이진은 인사를 했다.

"좋은 기억이셨길 바랍니다."

"나쁜 기억은 아니었습니다. 장례가 끝나면 정식으로 이 회장님을 초대했으면 합니다."

노인, 빈센트 록펠러가 흰색 봉투 하나를 마이클에게 건넸다.

마이클이 이진에게 봉투를 다시 건넸다.

이진은 봉투 위에 새겨진 문양을 정확히 알 수 있었다.

피라미드의 꼭대기에서 노려보는 눈.

SEE YOU.

사실 충격적이진 않았다.

언젠가 접촉이 있을 것이라고는 생각했는데 그때가 바로 지금이었던 것.

이진은 아무 말 없이 인사를 했다.

장례는 계속 진행되었다.

저녁 무렵.

더 이상의 문상을 받지 않고 입관식이 진행되었다.

이진은 문상을 온 모든 사람들에게 묘역 근처의 숙박 시설에서 묵을 수 있도록 조치를 한 후 곧바로 이스트사이드 저택으로 돌아왔다.

❖ ❖ ❖

이진은 조용히 할아버지 이유의 거처에 앉아 있었다.
종이 한 장이 작은 탁자 위에 덩그러니 놓여 있었다.
정신이 온전하실 때까지 이곳에 머무셨고, 이후로는 다른 방에서 산소 호흡기에 의존하셨다.
산소 호흡기를 끼지 않겠다고 하셨지만 그럴 수는 없었다.
유언장은 아니다.
유언장은 법무 담당인 마이클에 의해 예전에 이미 보관되어 있었다.
이진은 탁자 위에 놓인 종이에 쓰인 글씨를 천천히 읽었다.

〈적을 너에게 데려오는 자가 배신자다.〉

내용은 그랬다.
이진은 가만히 할아버지 이유가 남긴 글을 읽고는 생각에 잠겼다.
적을 데려온 자.
한동안 목석처럼 움직이지 않던 이진은 종이를 촛불에 태워 없앴다.
그러고도 한참을 움직이지 않던 이진.
밖에서 들려오는 목소리에 고개를 들었다.

"문 실장입니다, 회장님!"
"예."
"시간이 되었습니다."
이진은 일어나 어머니 데보라 킴의 방으로 향했다.
어머니 데보라 킴의 거처는 3개의 방으로 구성되어 있었는데, 그중 하나는 응접실이었다.
그곳에 온 가족이 모여 있었다.
안나의 모습도 보였다.
"앉아."
"예, 어머니!"
잠시 침묵이 흘렀다.
그리고 잠시 후, 법무 담당 마이클이 안으로 들어왔다.
"아버님 유언장을 공개할 거야."
"예."
이진은 짤막하게 대답했다.
마이클이 봉인된 봉투를 뜯어 옛날식 카세트테이프 한 개와 문서 한 장을 꺼냈다.
이미 할아버지 이유 명의의 재산 대부분은 한국에서 정리가 된 상태.
남은 재산의 처리를 유언으로 남기신 모양이었다.
먼저 미리 준비된 오래된 녹음기에 카세트테이프가 끼워졌다.

할아버지의 음성이 흘러나온다. 온 가족은 다시 슬픔에 잠겨야 했다.

삼둥이만 눈을 동그랗게 뜬 채 신기해했다.

각각에 대한 당부였다.

"아버님은 정말… 이제 와서 자기 삶을 살라니……."

"정말 너무하세요."

어머니 데보라 킴도, 그리고 안나도 할아버지를 원망했다.

원망하면서도 슬퍼한다.

가문에 가둬 둔 채 살게 만들고는 이제 와서 남은 생이라도 스스로의 삶을 찾아보라는 내용.

이진은 묵묵히 듣기만 했다.

어머니나 안나가 할아버지 이유에게 느끼는 감정은 자신의 감정과는 전혀 다를 것이 분명했다.

회한이 교차할 것이다.

누구도 그걸 비난할 수는 없었다.

메리 앤에게 당부, 그리고 삼둥이에게 전하는 작별 인사가 이어졌다.

그러나 이진에게는 어떤 인사도 없었다.

"그럼 유언장 내용을 공개하겠습니다."

마이클이 동행한 변호사 한 명에게서 유언장을 건네받아 읽기 시작했다.

"먼저 남은 한화 149억 원을 성북동에 사시는 정 여사님께 남기셨습니다."

"하아… 아버님도 참! 생면부지인 사람에게……."

할아버지 이유가 성북동에 머물며 콜라텍에 몇 번 같이 다닌 할머니에게 거액을 남긴 것이다.

어머니 데보라 킴이 어이없다는 표정으로 고개를 절레절레 저었다.

메리 앤은 이진을 바라보며 살짝 웃는다.

"라스베이거스에 있는 호텔 2개의 지분은 송안나 여사님께 남기셨습니다."

"그래도 안나는 받는 게 다 있네?"

어머니 데보라 킴의 뾰족한 말.

이번에는 안나가 고개를 절레절레 젓는다.

"보유하고 계신 TRI의 지분 13퍼센트를 손자, 손녀 세 분께 균등 상속하셨습니다."

마이클의 말이 이어졌다.

가장 가치 있는 것들은 삼둥이에게 주신 것이다.

TRI 주식 13퍼센트라면 웬만한 기업 전체 지분의 가격에 맞먹었다.

"그리고 이스트사이드 저택과 뉴욕에 남은 부동산을 며느리 데보라 킴에게 남기셨습니다."

"내가 그러실 줄 알았지."

상징적인 의미일 것이다.

그럼에도 어머니 데보라 킴은 불만 섞인 목소리로 말했다.

"미화 1억 2,000만 달러를 손자며느리 메리 앤에게 상속하셨습니다. 이게 마지막입니다."

특별한 내용은 없었다.

마이클이 유언장 내용을 다 읽고 나자 데보라 킴이 물었다.

"그게 다예요?"

"예. 그리고 며느리를 정말 사랑했다고 마지막에 직접 기입하셨습니다."

마이클의 말에 데보라 킴의 눈에서 눈물이 주르륵 흘러내렸다.

그깟 돈이야.

그러나 그런 말은 들어 본 적이 없었기에…….

단 한 번도 며느리에게 사랑한다는 말을 해 본 적이 없는 할아버지.

데보라 킴은 그 말을 듣고 싶었던 것이다.

안나가 어머니 데보라 킴을 끌어안자 엉엉 운다.

이진은 얼른 장내를 정리했다.

"그럼 일어나시죠."

"예."

마이클과 다른 변호사 2명이 자리에서 일어나 이진을 따라나섰다.

이진은 다른 변호사 둘을 먼저 보내고 마이클과 마주 앉았다.

"보관 중인 유언장은 그게 전부죠?"

"예. 전부입니다. 법적인 절차는 별도로 지시해 두었습니다."

마이클의 대답에 이진은 턱을 괴었다.

"무슨 문제라도 있으십니까?"

"그 빈센트 록펠러 말이에요."

"예. 하버드 동창 중에 로버트 록펠러란 친구가 있습니다."

"아!"

"그 친구 말에 의하면 록펠러 가문의 일은 모두 빈센트 록펠러 회장 선에서 결정된다고 하더군요."

"하지만 공식적으로는 빈센트 록펠러는 알려진 것도, 직책을 맡은 것도 없잖아요."

"그렇습니다만, 록펠러 가문의 일이라……."

마이클이 말끝을 흐린다.

"언제 문상 오겠다고 연락이 왔어요?"

"큰 회장님이 돌아가신 다음 날입니다."

"그럼 누군가가 할아버지가 돌아가신 것을 알렸단 말이네요?"

"아… 예."

이스트사이드 저택에는 가족들과 의료진들, 그리고 이

곳에서 숙식을 해결하는 메이드들밖에는 없었다.

통신은 모두 보안 회선이다.

그런데 누군가가 할아버지 이유가 숨을 거둔 시각을 바로 알렸다.

새벽에 숨을 거두셨으니 사실 당일 알린 것이나 마찬가지.

록펠러 가문에 할아버지의 운명을 그렇게 빨리 알릴 이유가 있는가?

"우리 테라에 대한 정보는 지금 어디서도 빠져나갈 수 없죠."

"예. 블록체인으로 인해 완벽한 보안이 유지되는 것으로……."

"그전에도 그랬지요. 중요한 서류들은 늘 규장각에 보관되었고, 접근할 수 있는 사람은 오 집사장 외에는 없었어요."

"예. 그렇게 알고 있습니다."

이진은 웃어야 했다.

규장각에 중요한 서류들이 보관되어 있다는 것조차 비밀이다.

그리고 그곳에 오 집사장이 접근할 수 있다는 것을 아는 사람도 없다.

적을 데려오는 자가 배신자란 할아버지의 조언은 확실했다.

"왜 그러셨어요?"

"예? 무슨 말씀이신지……."

"로펌만 지금도 서류를 자체 관리하죠. 체계를 갖추려면 시간이 걸리고 법적인 문제라 시스템 안에 넣기가 힘들다는 이유에서요."

"예, 그렇습니다. 하지만 그건 어쩔 수 없는 일입니다."

마이클이 약간 강하게 항변한다.

이진은 계속 말을 이었다.

"그리고 법무팀에 보내진 서류는 모두 마이클 책임이고요."

"그렇습니다만……."

"왜 그러셨어요?"

이진이 다시 물었다.

마이클은 도리질을 한다.

"무슨 말씀이신지……."

"SEE YOU에 지금까지 우리 테라 정보를 넘기셨잖아요."

"아닙니다. 절대 아닙니다."

"내가 쭉 짚어 보니 외부에 알려진 정보들은 전부 법무팀에 넘어간 적이 있는 문서와 관련된 정보였어요."

"그, 그렇다면 우연일 겁니다. 전 절대로……."

짝짝.

이진이 손뼉을 쳤다.

그러자 문이 열리며 전 과장이 나타났다.

"회, 회장님!"

"이거야 원! 고양이에게 생선을 맡긴 꼴이네."

"아닙니다. 제가 왜 SEE YOU에 테라의 정보를 넘기겠습니까?"

아닐 수도 있다고 생각했었다.

그런데 맞다.

할아버지가 남긴 글 그대로였다.

적을 데려온 자.

혹시나 해서 찔러 봤는데…….

"SEE YOU도 아시네요."

"그건……."

제2장

적과의 동침

재벌집 망나니
7대독자

"언제부터예요?"

이진이 물었다.

언제부터 마이클은 테라의 법무 관련 정보를 SEE YOU에 넘긴 것일까?

마이클은 체념한 듯 고개를 숙이더니 이내 입을 열었다.

"회장님 사고 때였습니다."

"내 교통사고 때요?"

"예. 불안했습니다. 저뿐만은 아닐 겁니다. 다들 그랬습니다. 테라는 사람 하나에 운명이 달려 있는 가문이었으니까요."

마이클의 말은 맞다.

테라의 가장 취약한 점은 자손이 귀하다는 것이었다.

한 사람만 없어지면 다음 대에는 가문의 존립 자체가 위태로워진다.

"아버지는요?"

이진은 아버지 이훈에 대해 물었다.

마이클은 체념한 것일까?

아니면 정보를 제공하는 대가를 원하는 것일까?

선선히 입을 연다.

이진은 손을 들어 전 과장을 제지했다.

뒤로 물러나는 전 과장.

"당시 테라는 알려진 재산들을 정리하고 있었습니다. 거래가 있었지요."

"무슨 거래요?"

"유전 매매에 관련된 우선 협상 대상자 중 그들이 원하지 않는 쪽이 있었던 것으로 알고 있습니다."

"……."

결국 아버지 이훈의 죽음 역시 SEE YOU와 관련이 있었다.

할아버지 이유와 이훈은 테라가 언더커버에서 벗어나길 원했다.

그래서 재산들을 정리하기 시작했다.

그 과정 속에 들어 있는 재산들 중 일부가 SEE YOU가 원하지 않는 쪽에 넘어가게 되었다는 뜻이다.

그들은 그걸 원하지 않았고.

"그래 봐야 오만과 리비아, 그리고 이라크 정도였잖아요."

"그 정도면 중동의 석유 패권의 질서를 무너뜨릴 정도죠. 그들은 화들짝 놀랐던 겁니다."

"마이클 생각이에요?"

"예. 그렇지만 맞을 겁니다. 그때까지 누구도 테라가 그렇게 많은 유전과 관련 개발권을 보유하고 있는지 몰랐을 테니까요."

잘 숨겨 왔었다.

모든 재산들을 말이다.

그런데 그 숨겨진 재산들을 공개하기 위해 처리하는 과정에서 문제가 생긴 것이다.

"그래서 내가 태어나던 날 아버지가 타고 올 비행기에 손을 댔다?"

"아마 그랬을 겁니다. 이후 유전과 관련된 모든 거래는 중단되었으니까요."

사실이다.

어머니 데보라 킴은 잔뜩 움츠렸다.

할아버지 이유가 나서 보려 했지만 이진을 낳고 잔뜩 겁을 먹은 데보라 킴은 어떤 일에도 동의하지 않았다.

아마 데보라 킴이 테라 가문에 시집와서 할아버지 이유와 맞선 것은 그때가 처음이었을 것.

무슨 생각에서인지…….

아니면 아들을 잃은 슬픔 때문인지 할아버지 이유도 슬그머니 물러섰다.

시기상조라고 여겼을 수도 있다.

아니면 아들의 죽음이 자신 때문이라고 생각하셨는지도 모를 일.

어쨌든 어머니 데보라 킴의 뜻대로 되었다.

이진이 성장하는 동안 테라는 잔뜩 몸을 움츠리고 아무것도 하지 않았다.

가지고 있는 것을 지키는 것에 만족했다.

남는 돈은 부동산을 사들였고, 아버지 이훈이 남긴 계획에 따라 주식에 투자했다.

그러는 사이 이진이 성장했다.

그리고 무슨 일이 있었나?

이진은 옥스퍼드를 15살에 입학했다.

3년 만에 졸업을 했는데 그때가 2000년.

이진은 밀레니엄의 광기를 마주하며 다시 뉴욕에 입성했다.

그다음은?

모든 것은 돈과 연관이 있다.

무엇을 잃었나?

유전을 잃었다.

이라크 정부와 오랫동안 불특정한 관계를 유지하며 소유권을 인정받고 있었던 유전 말이다.

어떻게 잃었나?

2001년 9.11 이후, 이라크 전쟁이 발발하면서 은밀하게 유지되던 소유권이 사라져 버린 것이다.

그리고 다시 목숨이 위태로워진 것은 2006년이다.

이 시기들이 의미하는 바를 알아내야 퍼즐이 완성된다.

박주운이 이진이 된 것이 2006년이니 말이다.

이후로는 이렇다 할 접촉이 없었다.

그런데 연락이 왔다.

어쩌면 지금 이진의 움직임이 그들이 생각하는 것보다 훨씬 빨랐기 때문일 수도 있다.

"처음 접촉한 것이 2006년이다?"

"예. 회장님은 망나니였습니다. TRI는 물론 미국 재계에서 테라가 망하는 것은 시간문제라고 다들 입을 모았습니다."

"그랬겠네요. 또 뭐 없어요?"

마이클은 순순히 입을 열고 있었다.

왜인지는 몰라도 말이다.

"샤롤은 세나토 제이 록펠러가 직접 키운 여자였습니다."

"세나토 제이 록펠러요?"

"빈센트 록펠러는 저도 처음 봤습니다. 그는 피라미드의 꼭대기에 있는 사람으로 알고 있습니다."

"세나토 제이 록펠러는 아니에요?"

세나토 제이 록펠러는 록펠러 가문 사람들 중 비교적 많이 알려져 있는 인물이다.

현재 록펠러가의 대표 격인 인물.

그러나 실세는 빈센트 록펠러란 말이나 다름없었다.

오바마와도 자주 만나는 인물이 세나토 제이 록펠러여서 이진은 그 사람에게 무게를 뒀었다.

"저도 그가 장례식장에 직접 나타난 것을 보고 깜짝 놀랐습니다."

"왜요?"

"그가 직접 나서는 경우는 거의 없는 것으로 알고 있었거든요. 게다가 초대장을 전하는 경우는……."

빈센트 록펠러가 실세 중의 실세란 이야기.

들을 이야기는 다 들은 것 같았다.

사실 내보내면 전 과장이 알아서 알아낼 일들이었지만 이진은 직접 물어봐야 했다.

그리고 마이클은 순순히 대답했다.

"이제 와서 왜 다 말하는 거예요?"

"…가족 때문입니다. 로렌과 아이들은 아무것도 모릅니다."

이진의 시선이 전 과장에게로 향했다.

"임마누엘 로렌은 평범한 모델 출신입니다. 관련된 정황은 지금까지 없습니다. 그리고 딸 엠마는 현재 대학 졸업

반이고, 아들 제이슨은 버지니아 대학교에서 교편을 잡고 있습니다."

전 과장이 마이클의 가족에 대해 설명을 했다.

"가족은 아무 죄가 없습니다. 모든 책임은 제가 지겠습니다."

마이클의 얼굴에 결의가 드러난다.

가족이라도 살리고 싶다?

자신은 버리고.

테라에 대해 마이클은 너무 많은 것을 알고 있었다.

심지어 이진이 태어나기 전, 그리고 그 이전에 이루어진 불법적인 일들도 알고 있을 것이다.

그런 것들을 SEE YOU에 넘겼을까?

그러나 그것까지 물을 필요는 없었다.

"가족은 걱정 말아요."

이진은 짤막하게 말한 후 고개를 끄덕였다.

전 과장이 눈짓을 하자 2명의 남자가 달려들어 마이클을 끌어냈다.

이진은 마음이 착잡했다.

그러나 고민만 하고 있을 수는 없었다.

SEE YOU에서 가장 영향력 있는 인물이 빈센트 록펠러라면…….

그들은 손을 내민 것이다.

이유가 뭘까?

테라가 급속도로 성장했기 때문일 것이 분명했다.

잘라 내는 것보다는 손을 잡는 쪽이 이익이라고 판단한 것.

SEE YOU의 일원으로 받아들여 이익을 공유하자고 할 것이다.

그동안 파고 또 팠을 것이다.

그런데도 얻은 것은 별반 없었을 터였다.

그러니 차라리 안으로 끌어들이자는 전략.

"마이클까지……. 적이 너무 많아 누가 누구인지도 모를 지경이네."

이진이 한탄 섞인 목소리로 나직이 읊조리는 순간.

"초목개병(草木皆兵)!"

누군가의 목소리에 이진은 화들짝 놀라 뒤를 돌아봤다.

그러고는 안도했다.

아들 이요였다.

아무 기척도 없이 어디든 들어갈 수 있는 사람이래 봐야 삼둥이밖에 더 있겠는가?

"그게 무슨 말이야?"

"온 산의 초목이 다 적군으로 보인다는 말이야. 진서에 나오는 사자성어!"

"그런 것도 알아?"

"응, 아빠! 한데 누가 적이야? 마이클 아저씨?"

아들 이요의 말에 이진은 내심 긴장했다.

다 들은 것일까?

그건 아닐 것이다.

대화를 하는 사이 전 과장이 이요를 들여보냈을 리는 없으니.

"아니. 그냥 아빠가 고민이 좀 있어서……."

"그럼 내가 아빠 고민 해결해 줄게."

"그래? 어떻게?"

"초목개병이어서 오리무중일 때는 오월동주(吳越同舟)가 답이지."

"오월동주?"

아들 이요는 이진이 생각했던 것보다 많이 박식(?)했다.

누가 저런 사자성어들을 가르쳤을까?

안나일 것이다.

이진과 메리 앤도 어릴 때 안나로부터 동서양의 고전들을 배웠다.

이야기를 들려주고 함축된 의미를 익히게 했다.

모르면 매를 맞아야 했다.

이진은 메리 앤이 대신 매를 맞게 하지 않으려 필사적으로 기억을 해내야 했었다.

"요는 오월동주가 무슨 뜻인지 알아?"

"그럼. 오나라 사람과 월나라 사람이 한배에 탄다는 뜻이야. 어려운 상황에서는 원수라도 협력해야 한다는 뜻이지."

"그런데 월나라 사람이 자꾸 날 강물에 집어넣으려고 하면?"

이진은 계속 아들 이요에게 말을 시켰다.

"팃포탯이지."

"눈에는 눈, 이에는 이란 뜻이지?"

"응. 아빠는 그런 것도 몰라? 게임 이론에 나오는 죄수의 딜레마야."

"설마 아빠가 그런 것도 모를까?"

"엄마!"

메리 앤이 이령과 이선을 데리고 들어왔다.

이요는 얼른 가서 메리 앤에게 안겼다.

이진은 그사이에도 죄수의 딜레마에 대해 생각해야 했다.

가만히 생각해 보니 그 방법밖에는 없다.

팃포탯이다.

그것이 죄수의 딜레마라는 게임 이론에서 가장 성공적인 전략이다.

일단은 배반하기 전까지는 항상 협력한다.

그러나 만약 배반한다면 곧바로 보복에 나서야 한다.

만약 보복에 나서지 않는다면 전략은 무효로 돌아간다.

단순하지만 승률이 가장 높고 안전한 방법이다.

적은 적어도 상대를 우습게 보지 못한다.

배반하면 바로 보복이 가해질 것이기에 적도 피를 흘려야 한다는 것을 알기 때문이다.

그러나 일반인들은 절대 이 전략을 일상에서 구사하지 못한다.

이유는 여러 가지다.

적을 사랑하라는 종교적인 믿음 때문일 수도 있다.

혹은 모두가 당한 만큼 되갚는다면 세상이 어찌 되겠냐는 인류애의 발현 때문일 수도.

하지만 진실은 보복을 했다가 보복을 당할까 봐, 혹은 보복할 힘이 없기 때문인 경우가 거의 대부분이다.

그렇게 하나하나 체념해 가는 것이 인생이라고 여기게 된다.

자신이 마땅히 가져야 할 것을 내주면서 그걸 베푸는 것이라고 위장하는 것이다.

문제는 또 있다.

일반 사람들은 다분히 감정적이다.

복수란 단어를 떠올리면 먼저 짜릿하면서도 시원한 느낌이 든다.

그러나 무의식 속에서는 그 복수로 인해 닥쳐올 반대급부에 대한 두려움도 고개를 든다.
 하지만 게임 이론은 감정에 기반을 둔 것이 아니다.
 말 그대로 게임이다.
 전략적으로 보복을 단행하는 것이지, 감정적인 이익을 얻고자 함이 아니다.
 이진은 아무 일 없었던 것처럼 이스트사이드 저택에서 남은 가문의 일들을 정리했다.
 그리고 보름 후 다시 한국으로 향했다.

 뉴욕 풀턴(Fulton)역을 빠져나오면 곧바로 월 스트리트다.
 그리고 그 월 스트리트에 뉴욕 연방 준비은행이 있다.
 미국에 산재한 12개의 연방 준비은행 중 가장 널리 알려진 이곳은 평소엔 늘 관광객들이 붐빈다.
 처음 가 본 사람은 찾기가 쉽지 않다.
 입구도 작고 간판도 잘 보이지 않기 때문이다.
 그러나 아는 사람이라면 빼놓지 않을 관광 명소 중 하나.
 1층은 뮤지엄이고, 지하로 내려가면 영화 다이하드에 나온 금괴 창고를 볼 수 있다.

이곳은 일반인들에게 공개된다.

그래서 평소에는 늘 관광객들로 붐빈다.

2013년 4월 2일.

북한이 영변 원자로 재가동을 선언하더니 그다음 날에는 개성공단 출입을 전면 차단했다.

그날 뉴욕 리버티 스트리트 133번지에서는 엽기적인 사건이 발생했다.

자살 사건이었다.

연방 준비은행 국기 게양대 앞에 팻말을 가슴에 단 시신이 걸렸다.

그러나 CNN을 비롯한 미국 언론은 이 소식을 브레이킹 뉴스로 전하지는 않았다.

워낙에 북한 뉴스의 파워가 컸기 때문이다.

게다가 월 스트리트는 한 달에 한 번 이상 자살 사건이 발생한다.

돈을 날린 사람들이 막바지에 죽음을 선택하기에는 월 스트리트만 한 곳이 없다.

이 사건도 그렇게 취급되었다.

단지 자살자가 테라의 법무를 담당하던 법무법인의 대표였다는 것이 화제가 되었다.

그러나 곧 그의 자살 원인은 치정 문제로 일단락되는 것 같았다.

그러고는 다시 수사는 장기화되었다.
자살할 당시 시신의 목에 걸린 팻말 때문이었다.
그 팻말에는 세 단어가 쓰여 있었다.

〈OK. SEE YOU.〉

이진이 SEE YOU에 보내는 메시지.
시신은 다름 아닌 마이클이었다.

입국한 후 이진은 조용히 SEE YOU의 연락을 기다렸다.
그리고 한 달 만에 연락이 왔다.
이진은 다시 한국을 떠나 플로리다로 향했다.
플로리다 올랜도 공항에 전용기가 착륙하자 3대의 세단이 마중을 나와 있었다.
다른 경호원들은 모두 대기하고, 오늘 미팅 때문에 부른 전 과장과 문소영 둘만 동행했다.
그만큼 이진으로서는 신경을 쓴 일이었다.
SEE YOU에서 제공한 차량이 출발했다.
3대의 차량 행렬은 골든 아일스(Golden Isles)로 향하는 늪지대로 들어섰다.

1시간 30분가량 도로 옆으로 길게 늘어선 늪지대를 바라봐야 했다.

이진은 미국이란 나라의 땅덩어리가 크다는 것에 다시금 감탄했다.

한국에서 살다 보니 더 그렇게 느껴졌다.

그리고 작은 영토를 지닌 조국이 안타까웠다.

이진도 와 보지 못한 곳이다.

조지아 사바나 아래 세인트시몬스, 리틀시몬스, 재킬 아일랜드라는 이름을 가진 3개의 섬이 있다.

그중 재킬 아일랜드가 목적지였다.

1910년 연준의 모태가 된 첫 모임이 이루어진 곳이 바로 재킬 아일랜드다.

재킬 아일랜드에서 다시 30분 정도를 달리자 멀리 저택 하나가 보였다.

커다란 철문을 두 사람이 나와서 열었다.

차량은 긴 진입로를 지나 건물 앞에 도착했다.

"어서 오십시오."

나비넥타이를 맨 나이 든 백인 남자가 다가오며 인사를 했다.

"헨리라고 부르시면 됩니다. 따라오시지요."

이진은 전 과장과 문소영의 가운데에서 걸음을 옮겼다.

작은 거실이었다.

전 과장은 무덤덤해 보였지만, 문소영은 잔뜩 긴장한 것으로 보였다.

이진은 그런 문소영을 다독였다.

"문 실장님!"

"예, 회장님!"

"싸우러 온 것은 아니니 긴장하지 않으셔도 돼요."

"예, 회장님!"

싸우러 온 것은 아니다.

다만 다음에 싸울 상대를 정탐하러 온 것이나 마찬가지였다.

잠시 휴식을 취하고 나자 다시 헨리가 나타났다.

"회장님만 가시죠."

"뭐라고요?"

문소영이 불만 섞인 목소리로 말하며 헨리라는 집사를 노려봤다.

"괜찮아요. 여기서 기다려요."

무슨 일이 생긴다 해도 이곳에서는 아닐 것이다.

이곳은 저들에게 성지 같은 곳일 테니 말이다.

이진은 문소영을 제지한 후 홀로 따라나섰다.

헨리는 조용히 복도를 지나 커다란 목재로 만든 문 앞에 섰다.

문이 열리자 실내 전경이 드러났다.

정장을 한 5명의 남자가 보인다.

그중 한 사람은 할아버지 이유의 장례식에 다녀갔던 빈센트 록펠러였다.

"어서 오세요. 환영합니다."

빈센트 록펠러와 악수를 했다.

그러자 다른 사람들을 소개한다.

아돌프 로스차일드, 존. W. 모건, 론 블랭크파인, 해리 화이자.

로스차일드와 모건, 그리고 골드만삭스와 화이자의 실세들이 분명했다.

이진은 말없이 손을 잡았다.

인사가 끝나자 모두 원탁에 둘러앉았다.

7개의 의자가 있었다.

그러나 앉은 사람은 이진까지 여섯.

헨리라는 집사가 느릿한 걸음으로 커다란 원탁을 돌며 크리스탈 글래스 하나씩과 긴 목제 필통처럼 생긴 나무 상자 하나씩을 내려놓고는 나갔다.

"답장은 잘 받았습니다."

"그러셨다니 다행이네요."

빈센트 록펠러가 마이클 이야기로 포문을 열었다.

조명이 희미해 피부 상태는 정확히 알 수 없었지만 가장 나이가 많아 보인다.

이진이 답하자 아돌프 로스차일드가 입을 열었다.

이진을 두고 하는 이야기인데 자기들끼리 말한다.

"요즘 젊은 사람들은 당할 수가 없어요."

"그렇죠? 아마 순수 백인이 아닌 동양인이 이 테이블에 앉은 것도 처음일 겁니다."

"그만큼 테라의 기술 발전이 눈부시죠. 우리도 이제 악습을 끊을 때가 됐어요."

이진은 그런 그들을 말없이 지켜보았다.

마이클의 죽음이 심기를 건드린 것일까?

이 테이블에 앉은 사람들이 바로 SEE YOU의 핵심일 것.

그리고 이제 남은 2개의 의자 중 하나를 이진이 차지하느냐 마느냐가 결정될 것이 확실했다.

차분해야 했다.

그리고 유연해야 했다.

"이진 회장에게 놀랐습니다. 그런 식으로 응답할 거라고는 생각도 못했어요."

"맞아요. 싸우자는 메시지로 잠깐 착각할 정도였으니까요."

모두 이진을 바라본다.

"그럴 리가요. 서로 도우면 이익이 커질 텐데, 제가 왜 싸우겠습니까?"

이진은 잔을 들어 목을 축이며 그렇게 말했다.

와인이었다.

그러자 빈센트 록펠러가 입을 열었다.

오늘 회의의 주재자인 모양.

"정식 멤버가 되기 전 몇 가지 절차가 있어요. 또 묻고 싶은 것도 있고……."

"말씀하시지요."

이진이 와인 잔을 내려놓았다.

먼저 질문을 한 것은 해리 화이자였다.

화이자로 대표되는 제약 재벌의 실세란 소리.

그러나 화이자가 약만 만들어 파는 것은 아니다.

특허 괴물이다.

"먼저 감사를 드려야겠네요. 테라의 통신 기술로 인해 화이자 역시 사상 최대의 호황을 누리고 있으니까요."

"그렇다면 다행입니다."

"한 가지 걱정되는 건 기술의 발전이 지나치게 빠르다는 겁니다. 특히 테라 페이는 현 금융 시스템에 상당히 위협적이고요."

"블록체인을 기반으로 한 전자 화폐가 테라 페이만 있는 것은 아니죠. 비트코인도 있고, 지금도 여기저기서 우후죽순처럼 생겨나고 있으니까요."

이진은 변명 아닌 변명을 했다.

아마 화폐가 가장 민감한 사안일 것.

그다음은 에너지일 것이고 말이다.

테라의 통신 기술은 이들에게도 우호적이었다.

단지 속도를 조절하고 싶어 한다는 것을 바로 알 수 있었다.

"그 말씀은 기존의 화폐 질서에 데미지를 입힐 생각은 없다는 말로 받아들여도 될까요?"

"물론입니다. 나 역시 미국인인데요. 혹시 피부색이 다르다고 절 한국 사람으로 생각하시는 건 아니겠죠?"

"하하하! 그럴 리가요. 테라야 우리 미국과 역사를 함께한 가문인걸요."

이진은 마음에 없는 소리들을 지껄였다.

다음은 빈센트 록펠러가 웃다가 표정을 굳히며 물었다.

이 사람의 특징은 표정이 참 다이내믹하게 변한다는 것이다.

웃다가 정색을 하는데, 그게 자연스럽게 느껴질 정도.

"들리는 소문에 의하면 에티오피아에서 태양열 발전을 한다고 하더군요."

이진은 빈센트 록펠러의 말에 일단 안심했다.

이들이 알고 있는 것이 제한적이란 뜻.

다이나모에 대한 정보를 수집하지는 못한 것이 확실했다.

전 과장에게 고마워해야 할 일이었다.

그만큼 에티오피아 내에서의 보안을 철저히 유지해 왔다는 의미이니 말이다.

"예, 그렇습니다."

"혹시 다른 에너지원 개발에 착수하신 건 아니신지요?"

"노력은 하고 있습니다."

이진은 부인하지 않았다.

그러자 빈센트 록펠러가 지그시 이진을 바라본다.

안경 너머로 보이는 눈동자는 끊임없이 이진을 저울질하고 있었다.

"아시겠지만 에너지에 관한 문제는 아주 민감한 사안입니다. 우리는 에너지 문제에 있어서만큼은 공동의 이익을 우선시하고 있습니다."

말은 좋다.

그러나 그 의미는 에너지와 관련된 문제가 있으면 전쟁도 불사할 수 있다는 뜻이나 마찬가지.

그만큼 세계 곳곳에 자신들이 만들어 놓은 정부들을 신뢰하고 있다는 의미였다.

이진도 오바마와 친했지만 이들만큼은 아닐 것이 확실했다.

이진은 가만히 고개를 끄덕였다.

"석유 에너지는 현재 우리 SEE YOU를 지탱하는 기둥이나 다름없지요."

"이해가 됐습니다."

"우리는 이 기둥이 한순간에 허물어지는 것을 용납할 수 없습니다. 이 점에 동의하십니까?"

"동의합니다."

이진은 거침없이 짧게 대답했다.

그러나 5명은 서로서로 눈빛을 교환했다.

다시 빈센트 록펠러가 입을 열었다.

"우리는 서로를 돕습니다. 공동의 이익에 저해되는 일이라면 양보도 하죠."

다시 고개를 끄덕인 이진.

"또 대가도 지불하죠. 우리는 뉴욕 마피아가 아니니까요."

존. W. 모건이 뉴욕 마피아를 거론하며 이진을 바라본다.

마이클의 죽음이 테라와 친분이 있는 뉴욕 마피아 안토니오 파누치와 관련이 있다는 것도 아는 것이다.

이진은 표정 하나 변하지 않았다.

그러나 더 이상 그 문제를 거론하지는 않았다.

툇포탯을 받아들였다는 의미였다.

"동의하십니까?"

"물론입니다."

빈센트 록펠러의 질문에 이진은 양손을 활짝 펴며 오브 코스를 외쳤다.

공동의 이익이 걸린 문제에 동참하고 상대에게 손해를 입힐 문제는 협의해서 그만큼의 보상을 해 준다는 의미였다.

아무것도 아닌 것 같지만, 이들이 가진 영향력으로 볼 때

하나하나의 사안이 세계를 들썩이게 할 만한 일들이 될 것임이 분명했다.

"오케이! 좋습니다. 그럼 투표에 들어가죠."

투표?

이건 생각도 못한 일이었다.

아직 끝나지 않았다는 의미였다.

5명의 노인, 적어도 이진이 보기엔 그랬다.

모두 목함을 연다. 그리고 안에서 종이 한 장을 꺼냈다. 1달러짜리 지폐였다.

가장 먼저 빈센트 록펠러가 말했다.

"E Pluribus Unum!"

지폐 앞면에 새겨진 말.

이진도 뜻을 안다.

'다수에서 하나가 되자.'란 뜻이다.

빈센트 록펠러가 말을 마친 후 지폐를 뒤집으며 다시 말했다.

"Annuit Coeptis!"

'그 시작을 허락한다.'란 뜻.

역시 1달러 지폐 뒷면에 새겨진 문구다.

그게 투표인 것이다.

빈센트 록펠러 다음으로 아돌프 로스차일드가 지폐를 매만졌다.

이진도 긴장하지 않을 수 없었다.

누구 하나가 반대한다면 이들과는 적이 되는 것이나 마찬가지였다.

이들도 심사숙고해서 이진을 이곳에 불러들였을 것이니 말이다.

지금은 전쟁보다는 협력이 필요했다.

물론 그 끝은 전쟁이 될 것이지만.

아돌프 로스차일드 역시 지폐를 뒤집었다.

나머지 세 사람 역시 마찬가지였다.

"축하합니다. 이 회장! 역사상 최연소이자 동양인 최초로 SEE YOU의 정식 멤버가 되셨습니다."

빈센트 록펠러가 잔을 들었다.

이진도 미소를 지으며 잔을 들어 부딪쳤다.

"다수에서 하나가 되는 그 시작을 허락하며!"

웃긴 했지만…….

아니, 정말 웃겼다.

이재희 그 자식이 이 모임의 서브 멤버가 되기 위해 그렇게 발버둥 쳤다는 것이 가장 먼저 웃기는 일이었다.

어쨌든.

이진은 원하는 것을 얻었다.

적과의 동침이 시작된 것이다.

❖ ❖ ❖

SEE YOU의 정식 모임이 끝난 후 파티가 열렸다.

저택은 이내 혼잡해졌다.

많은 사람들이 파티에 초대되어 입장했다.

더 이상 SEE YOU에 대한 말은 오가지 않았다.

파티가 한창 무르익을 즈음, 빈센트 록펠러가 단독 면담을 요청했다.

이진은 그제야 빈센트 록펠러가 할아버지 이유의 장례식까지 직접 나선 이유를 알 수 있었다.

그가 이진의 SEE YOU 입성을 주도한 것이었다.

문제는 역시 에너지였다.

"듣기로는 중국의 화웨이가 아직 버티고 있다고 들었습니다만?"

"예, 그렇습니다."

화웨이는 골칫덩이였다.

생각보다 오래 버티고 있었다.

6G가 이미 상용화를 거치고 있는 단계에서 지금 4G를 붙잡고 전전긍긍하고 있는 곳은 중국과 러시아 외에는 없었다.

가만히 둬도 항복하긴 할 것이다.

그러나 그 시기가 예상보다 길어지고 있었다.

13억 인구가 가진 파워 때문이다.

내수로도 자금 조달이 되고 있으니 버틸 수 있는 것.

지금 빈센트 록펠러는 그걸 돕겠다고 말하는 것이나 마찬가지였다.

어떻게 돕겠다는 것일까?

"지금 원유가가 너무 높습니다. 6G로 인해 경기가 활황인 점도 유가 상승의 한 원인이죠."

"예, 저도 그렇게 알고 있습니다."

"문제는 OPEC이 지나치게 돈을 벌고 있다는 점입니다. 베네수엘라를 포함한 남미 일부 국가들도 마찬가지이고요."

"베네수엘라 정부는 사실 저도 우려가 됩니다."

전혀 우려가 되지 않으면서도 우려가 된다고 말한 이진.

"유전과 베네수엘라 국채를 다량으로 가지고 계셨었는데……. 지금은 이만식 회장 손에 있지요?"

"예. 아깝네요."

"하하하! 걱정 마십시오. 미국 정유 회사들은 계속 베네수엘라에서 철수하고 있으니까요."

"탁월한 선택이십니다. 차베스 정권은 신뢰하기 어렵죠."

"그래서 말씀인데……."

빈센트 록펠러의 입에서 결론이 나오려 하고 있었다.

제3장

분쟁 지역으로

재벌집 망나니
7대독자

 빈센트 록펠러의 목소리 톤이 낮아졌다.
 "말씀하시죠."
 "지금이 일정 정도 정리를 하고 나갈 적기가 아닌가 싶어요."
 "그 말씀은……."
 "산유국들의 달러 보유량이 지나칩니다. 자칫 화폐 유통의 통제권을 잃을 수도 있습니다."
 늘 거론되어 오던 일이다.
 중국의 개혁 개방으로 인해 달러는 국제 통화로서의 위상을 조금씩 빼앗겨 가고 있었다.
 그것이 패권을 장악한 SEE YOU의 입장에서는 곱게 보일 리 없을 것.

거기다가 산유국들의 달러 보유량이 유가 급등으로 인해 급속도로 늘고 있었다.

무언가 조치가 있어야 한다는 말이었다.

그 말은 테라를 SEE YOU의 멤버로 받아들인 것 역시 중국과 산유국들을 견제하려는 의도와 관련이 있음을 의미했다.

예상치 못한 일이다.

아니, 예상은 했지만 박주운의 살아생전 현재 진행 중인 일이었다.

역사에 없는 새로운 일이 생기려 하고 있었다.

"화웨이를 제외한 다른 중국 기업들에게는 장비를 공급할 수 있다고 공식적으로 말씀하신 적이 있지요?"

"예."

"만약 그렇게 되면 유가는 여기서 다시 천정부지로 치솟을 겁니다. 누구에게도 좋지 않죠."

가격은 무조건 오른다고 좋은 것이 아니다.

에너지 패권을 쥐고 있다고 해도 마찬가지다.

록펠러의 스탠더드 정유 회사가 막대한 돈을 번다면 OPEC 산유국들 또한 그럴 것이다.

그러면 다루기가 점점 힘들어진다.

그걸 미리 제한하고 싶어 하는 것이다.

이진에게는 그다지 나쁜 일은 아니었다.

중동의 산유국들의 입김이 강해지는 건 그다지 좋은 일이 아니었다.

"그렇겠군요. 우리가 투자한 기업들도 막대한 석유가 필요하니까요."

"유가를 적정선까지 밀어 내려야 한다는 데 동의하십니까?"

"물론입니다."

이진은 가볍게 답했다.

어차피 기름 값은 테라에 직접적인 영향을 미칠 수 없다.

최악의 경우 석유가 없다 해도 에티오피아 공장은 돌아갈 것이니 말이다.

"그럼 동의하신 것으로 하고 세부 사항을 조율하시죠."

"좋습니다. 곧 팀을 꾸려 보내지요."

"믿을 만한 사람들로 보내 주십시오."

"물론입니다."

대화는 거기에서 끝이 났다.

한국에서 해외 선물로 분류되는 쿠르드 오일.

개인 투자자들이 볼 때 돈 벌기 쉬워 보인다.

일단 국내 선물에 비해 증거금이 싸다.

1계약을 한때는 300만 원이면 거래할 수도 있었다.

그래서 개미들이 벌 떼처럼 달려들었다.

때로는 수익을 내는 경우도 있었다.

시장이 안정된 상태에서는 하루 150틱 정도 움직인다.

그러나 시장이 불안정할 때는 하루 등락 폭이 800틱 이상이 되는 경우도 있었다.

개미들은 그런 날 시장에서 퇴출된다.

사실 거대한 에너지 시장에서 개미들의 틱은 그저 시장을 빠르게 움직이도록 만들어 주는 활력소 정도였다.

이진도 박주운이었을 때, 하는 일 없이 성산의 사무실에 앉아 가진 돈을 굴려 볼까 싶어 쿠르드 오일에 많은 관심을 가졌었다.

그러나 지금은 쿠르드 오일 데이 트레이닝이나 할 위치가 아니었다.

유가를 움직일 수 있는 위치에 올라 있었다.

미국에서 돌아온 이진은 많은 고민을 해야 했다.

그러나 아무리 고민을 해 봐도 한 번에 SEE YOU를 무너뜨릴 방법은 없었다.

지금 테라가 가진 모든 것을 동원한다 해도 SEE YOU는 무너지지 않는다.

화폐 공급권과 에너지 패권을 쥐고 있기 때문이다.

화폐 공급권은 테라 페이로 야금야금 먹어 가고, 에너지는 다이나모로 무너뜨리는 방법밖에는 없다.

그러나 그걸 천천히 진행하다 보면 저들이 눈치를 못 챌 리 없었다.

은밀하게 진행해 한 번에 날려 버려야 성공할 수 있는 일이었다.

그게 쉽지 않다는 것이 문제였다.

"회장님! 정말 저놈들과 함께 가시려는 건 아니시지요?"

"함께 가야죠."

전 과장의 질문에 이진은 그렇게 대답했다.

이미 이번 회동으로 인해 아버지 이훈의 죽음이 저들의 소행임을 확신할 수 있었다.

테라가 가진 유전을 중동에 넘기려 하자 비행기에 손을 써 아버지 이훈을 태평양에 수장시킨 것이다.

"악랄한 놈들입니다."

"아버지 때문에요?"

"예."

"아버지 돌아가신 건 악랄한 것도 아니죠."

"회장님!"

"세 번의 중동 전쟁과 9.11 테러, 이라크 전쟁, 금융 위기까지 다 저들이 한 짓이에요. 거기에 비하면 아버지 한 분의 죽음이야······."

"저에게는 그게 가장 중요합니다."

전 과장이 강한 어조로 자신의 생각을 피력했다.

그게 중요해야 한다.

그러나 그렇다고 해서 지금 당장 할 수 있는 일은 많지 않았다.

"마음은 알아요. 하지만 당장 저들을 어쩔 수는 없어요. 우리 사람들도 생각해야죠."

"…회장님!"

"은밀하게 진행해야 해요. 가장 중요한 것이 다이나모예요. 대형 발전 시설은 진전이 있어요?"

"예. 설계상의 문제점들은 모두 해결된 상태입니다. 시제품의 운전만이 남았습니다."

"그걸 저들이 알게 되면 곧바로 반격할 겁니다."

"예."

"은밀하게 시제품 운전까지 마치세요. 서두르지 맙시다."

"명심하겠습니다."

이진에게 다짐을 받은 전 과장은 그렇게 다시 에티오피아로 돌아갔다.

2013년 6월에 들어서자 배럴당 200달러 근처까지 치솟던 원유 가격은 천천히 하향세로 돌아섰다.

그러나 더 오를 것이라는 예측이 시장에서는 지배적이었다.

쿠르드 오일 선물 가격은 이미 지나칠 정도로 높게 거래

되고 있었고, 악재에도 떨어지지 않았다.

그렇게 몇 달이 지나면서 미국 정유 회사들이 하나둘씩 중국에 대한 원유 수출을 중단시키자 수요가 급감할 것이란 예상에 원유 값은 폭락을 시작했다.

원래 있을 유가 급락이 1년은 앞당겨진 것이다.

마지노선으로 여겨졌던 중동산 두바이유의 100달러 지지는 순식간에 무너졌다.

더구나 4G에 머무른 중국의 향후 경제 전망이 불투명해지자 유가는 다시 폭락을 거듭해 50달러 선까지 밀려났다.

이진은 SEE YOU와 약속한 대로 석유 값 안정을 위한 조치를 철저히 진행했다.

석유 값의 하락은 테라에게는 호재였다.

그러나 엄청난 평가익을 담보로 새 사업을 이것저것 구상하던 성산은 곧바로 치명타를 맞았다.

심지어 국내 언론은 성산의 위기에 대해 별다른 관심조차 가지지 않았다.

2013년 8월 22일.

시리아 정부군이 수도 다마스쿠스 인근을 화학 무기로 공격해 1,300여 명이 사망한 다음 날.

이만식 회장이 강남 테라 빌딩으로 직접 이진을 찾아왔다.
그러나 그때는 이미 이진은 거절할 수 없는 손님을 맞고 있어 이만식 회장은 밖에서 기다려야 했다.
"시리아에도 원조가 들어가고 있었어?"
"그럼요. 수단하고 리비아, 그리고 시리아도 마찬가지예요. 난민들이 워낙에 많아 우리 직원들이 다 상주하고 있었다고요."
손님 아닌 손님은 메리 앤이었다.
테라 유니버스의 직원들 중 20여 명이 시리아에 상주하고 있었는데 연락이 끊겼다.
유니세프도 그랬지만, 테라 유니버스 소속의 자선 사업가들은 전쟁 지역이든 아니든 가리지 않았다.
이진이 볼 때 이들은 정말 위대한 사람들이었다.
심각한 일이었다.
이진은 서둘러 전 과장에게 사태 파악을 지시했다.
"정말 아사드는 개자식이에요. 할 수만 있다면 당장 내 손으로 죽여 버리고 싶어요."
"메리!"
메리 앤의 언사는 평소와는 다르게 완전히 과격했다.
그만큼 분노한 것이다.
시리아 내전은 2013년에 시작된 것이 아니다.
2011년이 발단이다.

하지만 일반 한국 사람들 중 시리아 내전이 어떻게 발생했는지 정확히 아는 사람은 많지 않았다.

"아이들 낙서를 빌미로 그렇게 사람을 죽여 대더니 이제는 독가스라니?"

이진은 메리의 말에 잠깐 웃을 뻔했다.

독가스란 말 때문이다.

평소 메리 앤은 방귀를 순화(?)된 표현으로 독가스라고 했었다.

그러나 지금은 웃을 수 없었다.

시리아 내전은 초등학생 15명의 낙서로 시작되었다.

2011년 3월 16일 초등학생 15명이 '자스민 혁명'을 흉내 내어 아사드 정권이 무너질 것이라고 담벼락에 낙서를 했다.

치기 어린 장난이었을 수도 있다.

그러나 그 결과는 엄청났다.

아이들은 비밀경찰에 의해 연행되었고, 부모들과 이웃들은 당연히 석방을 요구하며 시위에 나섰다.

그러나 이틀 후 보안군에 의해 주민 5명이 사살된다.

이것이 시리아 내전의 발단.

곧바로 살육이 시작되었고, 상황은 악화일로로 치닫더니 내전으로 비화했다.

그리고 5년간 29만 명의 사망자와 1,200만의 피난민을 만들어 낸다.

그 전쟁이 현재 진행 중이었다.

"당신이 어떻게 좀 해 봐요."

"내가? 전 과장이 이미 조사에 나섰어."

메리 앤의 요구에 이진은 잠깐 어리둥절했다.

전쟁을 막으라는 것인지 아니면 테라 유니버스 직원들의 생사를 확인해 구조하라는 것인지…….

그 문제는 이미 전 과장에게 지시를 내렸다. 아마 지금쯤 생사를 확인하기 위해 요원들이 투입되었을 것이다.

"그게 아니라……. 아사드 정권에 압력을 좀 넣어 봐요."

"내가 오바마에게 말해 봐야 소용없잖아."

아사드 정권은 러시아와 중국의 지원을 받고 있었다.

그러니 미국 대통령이 나선다고 사태가 해결이 되지 않는다.

"다른 방법을 찾아야 해요."

오늘따라 메리 앤은 지나치게 초조해했다.

일이 일인 것만큼은 분명했지만, 이미 벌어진 일인데 아침부터 회사에 들이닥친 것도 그렇고…….

"메리! 진정해. 전 과장이 조사를 한 후 가능하면 구출을 하게 될 거야."

"그게……."

"왜?"

"거기 아가씨가……."

"아가씨라면 영주가?"

이진은 그제야 메리 앤이 지나치게 초조해하는 이유를 알 수 있었다.

"죄송해요. 난민 지원에 자원을 했대요. 저도 안부만 묻고 에티오피아에 있는 줄 알았어요. 죄송해요. 흐흐흑!"

메리 앤이 결국 흐느껴 울기 시작했다.

박영주는 테라 유니버스의 이사 신분이다.

한데 직접 시리아까지 가다니?

삶의 목적을 명확하게 정한 것이 분명했다.

그건 축하해 줄 일이었지만, 하필 이 시기에 시리아에 가다니…….

살았는지 죽었는지 확인할 수 없는 상황이었다.

이미 늦었을 수도 있었다.

그러나 할 수 있는 일은 해야 했다.

"시리아에 있는 직원들 신상은 나왔어?"

"……."

메리 앤은 대답하지 못했다.

황급히 문소영이 들어온다.

"송구합니다, 회장님! 신상은 나왔습니다."

"한국 정부는 알아?"

"모릅니다. 아마 어느 정부도 정확한 내용은 모를 겁니다. 전 과장이 팀을 파견했습니다만, 접근이 어려운 상황입니다."

"……."

이진은 비틀거리는 메리 앤을 소파에 앉혔다.

문소영이 넌지시 말한다.

"오바마 대통령에게 말씀하시는 것이……."

"그건 도움이 안 돼요."

오바마는 도움이 되지 않는다.

아사드가 오바마의 말을 들을 리 없었다.

시진핀이나 푸첸의 말은 들을까?

아닐 것이다.

지금 당장은 자기 정권 유지하기조차 힘든 상황이니 말이다.

게다가 듣는다 해도 만약에 죽었다면?

은폐하려 할 것이 분명했다. 국제적인 비난을 피해야 하기 때문이다.

문이 열리며 오민영이 들어오다가 멈칫한다.

"무슨 일이에요?"

"죄송합니다. 이만식 회장님이 기다리신 지 오래됐습니다."

이진은 아무 대답도 하지 않았다.

그러나 곧바로 몸을 일으켰다.

"일단 전 과장이 조사 보고를 할 때까지 너무 걱정하지 말고 기다려. 난 한 손이라도 보태도록 해 볼 테니까."

"……."

메리 앤은 아무 대답도 하지 못했다.

어쨌든 이진은 밖으로 나갔다.

이만식 회장이 대기실에서 기다리다 일어나며 반색을 했다.

"이 회장!"

"급한 일이 있어서요. 청와대에 갈 건데 가면서 이야기하시겠어요?"

"그럽시다."

이만식 회장이 급하긴 급한 모양.

이진은 오민영에게 지시했다.

"청와대에 전화 넣어요. 대통령님과 약속 잡아 달라고."

"예, 회장님!"

이진은 이만식 회장과 함께 차에 올랐다.

"무슨 일이 있습니까?"

"예. 시리아에서 봉사하던 테라 유니버스 직원과 유니세프 직원들의 생사가 확인되지 않는 모양입니다."

"그럼 그 일 때문에……."

이진은 인상을 구겼다.

고작 그 일 때문에 자신을 기다리게 했느냐는 말로 들린다.

그리고 만식이는 충분히 그런 말을 할 놈이었다.

"내 오늘 이 회장을 이렇게 찾은 것은……."

청와대로 향하는 동안 이만식 회장이 다시 입을 열었다.

"압니다. 유가 때문이시겠지요."

"다들 걱정이시지요?"

걱정?

이진은 걱정한 적이 없었다.

그렇다면 누굴 말하는 것일까?

한국 땅에서 유전을 보유한 기업이 몇이나 된다고…….

이만식 회장이 SEE YOU와 선이 닿아 있을 수도 있었다.

그러나 지금 그걸 확인하고자 이만식 회장에게 붙들려 있을 수는 없었다.

"사정이 그러시다니 간단히 제가 해 드릴 수 있는 것만 말씀드리지요."

"아, 예."

"중동의 유전은 제가 다시 사 드릴 수 있습니다. 하지만 가격은 시가로밖에 안 됩니다."

"어험! 이 회장!"

"그리고 베네수엘라 국채나 유전 개발권은 아무짝에도 쓸모가 없습니다."

이진은 딱 결론만 말했다.

"하지만 그걸 다 판 분이……."

"충분히 제가 판 가격의 두 배 이상으로 되파실 기회가 있으셨습니다."

"그야 그렇지만……."

"회장님이 지나친 욕심을 부린 것입니다."

이만식 회장의 얼굴은 사정없이 일그러졌다.

보지 않아도 알 수 있었다.

두꺼비 같은 손이 사정없이 떨린다.

모욕을 당했다고 여기는 것이다.

이쯤이면…….

"이보시오, 이 회장! 그러지 말고 사정 좀 봐줍시다. 이번에 베네수엘라 쪽 국채만 정리해 주시면 내 이 은혜는 어떻게든 꼭 갚겠소."

'이상하군.'

그만큼 급하다는 의미일까?

그러나 베네수엘라 국채를 되사 줄 생각은 눈곱만큼도 없었다.

"성산 물산을 포함해 남은 그룹사 지분을 넘기십시오. 그럼 제가 판 가격의 2분의 1에 중동 유전을 사 드리지요."

"내가 그래서 얻는 이익이 뭐요?"

"중공업이 있지 않습니까?"

"지금 조선이 어떤지 아시면서요?"

"조선은 살아남을 겁니다. 기다리시면요. 하나라도 제대로 된 걸 지니고 계시는 것이 이 회장님께 도움이 되지 않겠습니까?"

"……."

차는 광화문에 들어서고 있었다.

이만식 회장의 입에서 하이에나 이야기가 나오지 않는 것을 보면 궁지에 몰려도 한참 몰린 것이 분명했다.

이제 늙어 이도 빠지고 무리에서도 버려진 노쇠한 하이에나였다.

"이 회장님! 혹시 하이에나 아십니까?"

차가 청와대 입구에 도착하자 이진이 먼저 하이에나를 들먹였다.

이만식 회장이 이진을 빤히 바라본다.

이 녀석이 자기와 같은 생각을 가지고 사는 놈인가 하고 생각했을 것이다.

"아신다면 이게 무리에 남을 마지막 기회일 수도 있습니다. 모셔다 드려."

이진은 그렇게 말하고 차에서 내렸다.

모셔다 드릴 필요는 없었다.

이만식 회장의 차가 뒤에서 따라왔으니 말이다.

이진의 말은 주인이 아니면서도 객을 쫓아내는 의미로 들렸을 것이다.

보안 검사를 받은 후, 차는 다시 청와대 춘추관으로 향했다.

차에서 내리려 할 때 몇 사람이 춘추관 안에서 나오는 것이 보였다.

"배성진 경제수석입니다. 그리고 뒤로는 미래전략수석 강석훈입니다."

오민영이 이진의 표정을 살피며 곧바로 누구인지를 알렸다.

"사람들이 상황 파악을 제대로 못하네."

"그러게 말입니다."

뭘 짚어도 한참 잘못 짚은 것이다.

이진은 문득 한심하다는 생각이 들었다.

"오! 이 회장님이 청와대에 오실 줄은 몰랐습니다."

"반갑습니다."

이진은 차에서 내려 경제수석과 이 정부에 새로 생긴 미래전략수석과 악수를 해야 했다.

"그런데 어쩝니까? 대통령님은 만나 뵙기 어려울 것 같은데요."

"예. 오전 일정이 이미 다 차 있으셔서······."

이런 걸 뭐라고 하지?

맞다.

속된 말로 뺀찌 놓는다고들 한다.

그동안 싸가지 없이 굴었으니 맛 좀 보라는 뜻일 것이다.

"그렇습니까?"

분쟁 지역으로 • 83

이진이 되물었다.

그러자 경제수석이 다시 나섰다.

무작정 돌려보내기에는 이진은 너무 거물이었다.

"대신 저희가 차 대접이라도 하지요."

"감사합니다만, 전 다른 분을 만나고 싶습니다. 안보수석을 뵙고 싶습니다."

"…김 수석을요?"

강석훈 미래전략수석이 의아해하며 이진에게 물었다.

"예. 회장님께서는 대통령님이나 김구현 외교안보 수석님을 뵙고 싶어 하십니다."

오민영이 대신 대답을 했다.

빤히 오민영을 쏘아보는 두 수석.

어딜 감히 나서느냐는 무언의 언질이었다.

이진은 그런 모습들이 한심했다.

"일단 청와대에 오셨으니 차라도……."

"차는 됐습니다. 지금 긴급한 사안이 있습니다. 시리아에서 우리 국민이 20명 넘게 생사가 불확실한 상태입니다."

"에?"

경제수석이 화들짝 놀랐다. 아마 듣지도 못한 모양이다.

"시리아라면 전쟁 지역 아닙니까? 그런 곳에는 왜 기어들어가서는……. 아무튼 들어가시죠."

마음에 들지 않는 언사.

이진은 꾹 참으며 춘추관 안으로 발걸음을 옮겼다.

안내된 곳은 대기실 같은 곳이었다.
이 역시 푸대접이나 다름없었다.
웬만한 나라의 정부들은 이진을 국빈으로 대우한다.
근데 정작 자기 나라에서 이진은 좀 특별한 민원인으로 대접받고 있었다.
이 모두 최서원이란 여자의 입김일 것이 확실했다.
이진은 의자에 몸을 깊게 묻은 채 고민에 들어갔다.
보통 복잡한 문제가 아니었다.
당장 오바마에게 전화를 해도 해결책은 없다.
아사드가 오바마의 말을 들을 리는 없었다.
시진핀과 푸첸의 말은 귀 기울이는 시늉이라도 할 것이다.
그러나 일반 국민들에게 가스 공격을 감행할 정도라면 정권 유지에 위협을 느끼고 있다는 의미.
어느 위정자도 자기 권력에 위협을 느끼지 않는 한 국민을 죽이는 위험을 감수하지는 않는다.
그래서 문제였다.
자기 목이 간당간당한데 위협이 통하겠는가?
비교적 부드러운 국제적 압력, 그리고 아사드에게 당근을 준다면…….
모두 테라 유니버스 직원들과 박영주가 살아 있다는 전

제하에서였다.

 살아 있지 않다면 보복만이 남는다.

 테라 유니버스 직원들을 죽이고도 무사하다면 나머지 아프리카의 군벌들이나 수단, 그리고 소말리아 해적들은 계속 입질을 할 것이 분명했다.

 기다리는 시간은 길게 느껴졌다.

 그리고 잠시 후, 오민영의 전화에서 진동음이 들려왔다.

 오민영은 전화를 받더니 황급히 이진에게 넘겼다.

"클래퍼 국장입니다."

"클래퍼?"

 이진은 전화를 받았다.

 미국 국가 정보국(Director of National Intelligence) 국장인 제임스 클래퍼였다.

"하이!"

 (하이! 소식 들으셨습니까?)

 소식은 분명 시리아 사태를 말하는 것임이 분명했다.

"예. 지금 청와대에 들어와 있습니다."

 (청와대가 무슨 도움이 되겠습니까? 저희도 도울 방법을 모색해 봤지만 딱히 떠오르는 것이 없었습니다.)

 클래퍼 국장은 비교적 솔직하게 말을 했다.

 정보를 입수하고 대책을 논의했을 것이다.

 테라는 일단 미국 기업이었으니 말이다.

DNI는 미국의 16개 정보기관을 통솔하는 최고 정보기관이다.

 미국에는 중앙정보국(CIA), 연방수사국(FBI), 국가안전보장국(NSA), 국방정보국(DIA), 국가정찰처(NRO) 등이 전부 포함된다.

 그러니 DNI 국장의 입에서 대안이 없다는 말이 나왔다면 그건 정말 없는 것이었다.

 "신경 써 주셔서 감사드립니다."

 (다른 대안을 가지고 계십니까?)

 "지금 여러 가지로 모색 중입니다."

 (너무 위험한 계획은 좀 보류해 주십시오. 자칫 미국의 개입으로 보일 수도 있고, 또 러시아의 개입을 부추길 수 있습니다.)

 "알겠습니다. 다른 정보는 없습니까?"

 이진은 혹시나 하는 마음에 물었다.

 (흠! 대통령께서 알려 드리라고 했으니 말씀드려야지요. 현재 테라 유니버스 직원들은 다마스쿠스 외곽 230킬로미터 지점의 안가에 억류되어 있습니다.)

 "살아 있다는 말인가요?"

 (시리아 내 우리 정보원의 보고에 따르자면 어제 시간으로 살아 있습니다. 현재 위성으로 관찰 중입니다.)

 '하아!'

이진은 안도의 한숨을 내쉴 수 있었다.

살아 있단다.

그럼 구출할 가능성이 있는 것이다.

그리고 최악의 위험은 피할 수 있었다.

"감사합니다. 일이 마무리되는 대로 대통령께 인사드리지요."

(그럼 전 이만······.)

클래퍼 DNI 국장과의 통화가 끝이 났다.

"살아 계신답니까?"

"예. 어서 메리에게 알려요."

"예, 회장님!"

오민영이 바로 메리 앤에게 이 사실을 알렸다.

그리고 나서야 문이 열리며 1남 1녀가 실내로 들어왔다.

"외교안보수석 김구현입니다. 처음 뵙네요."

"반갑습니다."

이진은 인사를 한 후 동행한 여자에게도 손을 내밀어야 했다.

비로 최서원이었다.

'이 여자는 안 끼는 데가 없었네.'

한심하면서도 안타까운 일이었다.

그러나 지금은 그걸 따질 때가 아니었다.

"그러니까 20명이 넘는 우리 국민이 시리아에 억류되어 있단 말씀이시죠?"

"예."

"외교부에서 전혀 그런 보고는 없었는데……."

"방금 미국 정부로부터 연락을 받았습니다."

이진은 하나하나 확인을 해 줘야 했다.

힘없는 나라의 국민의 설움이다.

그리고 설사 힘 있는 나라라고 해도 한 개인의 생사가 달린 문제임에도, 고려해야 할 문제가 너무 많은 것이 현실이긴 했다.

그래도.

적어도 한 나라의 대통령이라면?

자기 국민의 안전을 위해 무엇이라도 해야 하는 것 아닌가?

그래서 물었다.

"대통령님께 보고를 드려야 하지 않겠습니까?"

"대통령님께는 왜요? 괜히 근심만 하시죠."

이진의 말에 답을 한 것은 바로 최서원이었다.

"그럼 대통령님이 근심하실까 봐 이 중대한 사안을 보고를 안 한단 말입니까?"

"안 한다는 게 아니라 확실한 상황을 파악해야죠. 확실히 살아 있대요?"

죽었으면?

항의도 안 해 볼 것인가?

최서원의 말에 이진은 폭발할 것 같은 분노가 치밀었다.

당장 '넌 뭔데 나서?'라는 말이 튀어나올 것 같았다.

그때, 외교안보수석이 입을 열었다.

"일단 관계 부처에 사실 확인을 지시하죠. 그리고 UN을 통해 시리아의 아사드 정권에 우리 국민들을 안전하게 풀어 줄 것을 요구하면 되겠군요."

'매뉴얼이냐, 이 개새끼야?'

이진은 외교적 절차에 대해 읊어 대는 외교안보수석의 대꾸에도 욕으로 답할 뻔했다.

하도 답답했는지 오민영이 평소에는 하지 않는 행동을 했다.

"수석님! 지금 우리 국민이 분쟁 지역에 갇혀서 생사가 오가는 상황입니다. 한데……."

"비서가 어딜 나서? 너 여기가 어딘 줄 알아?"

최서원이 벌떡 일어서며 오민영을 윽박질렀다.

연말 파티에서 있었던 일이 이렇게 돌아오나?

오민영은 분해서인지 눈물을 주르륵 흘렸다.

세상에 이런 정부가 있나?

이진은 자리에서 일어나야 할 때란 걸 직감했다.

어차피 대통령에게 보고도 들어가지 않을 것이다.

최서원은 지금 이 일을 테라의 군기 잡기로 몰아갈 생각인 것이 분명했다.

"그 외에 대책이 없으시다면 하는 수 없죠. 외교적 대처라도 부탁드립니다."

"허허! 좀 기다리시면 대통령님도 만나 뵐 수 있을 텐데……."

외교안보수석이 없는 말을 지어냈다.

최서원이 허락하지 않는 한 대통령을 직접 만날 수도 없다.

그렇다면 정부의 그 누구도 이제 이진을 직접 만날 수는 없다.

눈에는 눈, 이에는 이였다.

문득 둘째 이요가 했던 말이 떠올랐다.

팃포탯이 정답이다.

협력에 있어 배신자가 나오면 즉시 보복해야 한다.

보복하지 않으면 다시 배신한다.

그리고 다른 금쪽같은 금언도 떠오른다.

호의가 계속되면 그걸 권리로 안다는, 어느 영화에 나오는 대사였다.

"그럼 알려 드렸으니 전 물러갑니다. 외교적 대처를 꼭 부탁드립니다."

"그건 우리 주무 부서에서 알아서 할 일이죠. 어딜 일개 기업이……."

"최 여사님……."

외교안보수석이 다시 떠들어 대려는 최서원을 말리고

나섰다.

이진은 곧바로 청와대를 나섰다.

차에 오르자 오민영은 계속 훌쩍거렸다.

"분하죠."

"예. 분합니다."

"뭐가 그렇게 분해요?"

"제가 왜 세금을 내는지를 모르겠습니다. 국민의 목숨이 위태롭다는데도 누구 하나 심각하게 걱정하는 사람이 없지 않습니까?"

"……."

이진은 더 묻지 못했다.

오민영이 분노하는 이유를 잘못 생각했다.

그저 테라나 자신이 대접받지를 못해서 혹은 고작 한국 정부가 테라의 요청을 묵살해서 화가 난 줄 알았다.

그런데 아니다.

국민이라면 누구나 느낄 수 있는 보편적인 배신감 때문에 분노한 것이다.

이진은 그런 오민영을 달래야 했다.

"난 미국 국민이라……. 근데 미국도 크게 다르지는 않아요."

"회장님도 참! 호호호!"

오민영이 웃었다.

이진은 곧바로 다른 지시를 내렸다.

"전 과장에게 내가 에티오피아로 간다고 전해요. 비행기 준비시키고요."

"예, 회장님!"

이진이 에티오피아로 떠난 지 이틀이 지났다.

그러나 한국 매스컴에서는 어떤 보도도 없었다.

심지어 외교부에서는 시리아에 한국인이 피랍되었다는 사실을 발표하지도 않았다.

메리 앤은 분개했고 행동에 나섰다.

테라 유니버스 한국 사무실로 차진영을 불렀다.

"이게 사실이에요?"

"예. 한데 발표조차 없네요."

"비밀로 유지하고 구출을 하려는 것이 아닐까요?"

차진영은 꿈보다 해몽이 좋았다.

"그건 아니에요. 연말에 최서원이란 여자 만난 적 있었잖아요."

"그럼… 그때 밉보여서?"

"그럴 거예요. 우리 회장님이 청와대까지 들어갔다 왔는데 아직 아무런 조치가 없잖아요."

"……."
차진영이 입을 다물었다.
최서원이 대통령의 복심을 좌지우지한다는 소문은 은밀하게 나돌고 있었다.
그러나 세간에 알려진 적은 없다.
어쨌든 연말 송년회에서 보인 그녀의 허세가 허세는 아닌 모양.
"어쩌시려고요?"
"보도해야죠. 국제적인 압력이 필요해요. 그래야 아사드가 생각이라도 하겠죠?"
메리 앤의 당연하다는 말에 차진영은 머리가 복잡해졌다.
외교부에서 알면서 밝히지 않는다면 보도를 안 하겠다는 말이나 다름없었다.
정권의 뜻을 거스르고 보도를 내보낸다면 어떤 결과가 뒤따를지 뻔했다.
방통위를 동원해 제재를 가할 것이다.
모두가 다 법을 제대로 지키고 원칙에 따라 일을 하면 좋겠지만, 현실은 그렇지 못했다.
기업들이 일을 투명하지 못하게 하는 면도 없지 않다.
그러나 법에도 빈틈은 많았다.
코에 걸면 코걸이가 되고 귀에 걸면 귀걸이가 된다.
전혀 상관없는 사안을 들이밀면 당해 낼 재간이 없다.

"그래서 드리는 말씀인데, 이걸 우리 방송에서 브레이킹 뉴스로 내보내면 어떨까요?"

"아……."

차진영은 곤란한 표정을 지었다.

"왜요?"

"그게… 이미 방통위에서 지침이 내려온 것이나 마찬가지예요."

"지침이라니요?"

"확인되지도 않은 정보를 보도할 경우 제재를 가하겠다는 내용이 얼마 전에 있었어요."

"그럼 언니도 내가 거짓말하고 있다고 생각하시는 거예요? 지금 회장님이 그분들을 구출하려고 직접 가셨어요."

"…알고는 있어요. 한데 보도를 하려면 먼저 정부와 협의를 거치는 것이 나을 것 같아요. 워낙에 제재가 심해서요."

"……."

"섭섭하시죠?"

"예. 섭섭해요."

메리 앤은 마음을 숨기지 않았다.

섭섭하다.

마음 같아서는 강제로라도 방송을 내보내라고 말하고 싶었다.

하지만 그건 그다지 좋은 생각이 아니었다.

차진영이 빤한 일을 주저할 때는 그만한 파장이 있으리라는 확신이 있을 것이기 때문이었다.

아무리 테라가 지배하고 있는 방송사라고는 하지만 그래도 절차가 필요했다.

"그럼 이렇게 하죠."

"다른 방안이 있어요?"

"CNN이나 폭스에서 먼저 보도가 나가면요. 그럼 한국 정부도 그걸 재보도하는 걸 막을 수는 없잖아요."

"그게 가능하… 시죠?"

차진영이 더듬거리며 물었다.

가능할 것이라는 생각이 들긴 했지만, 그런 걸 개인이 가능하게 한다는 것도 믿기 힘들었다.

아무리 테라라고 해도…….

더구나 미국 언론들은 재벌, 정부의 뜻에 그다지 고분고분하지 않기 때문이다.

그런 걸 생각해 보면 한국은 멀어도 한참 멀었다.

"그건 제게 맡기세요. 그럼 가능하죠?"

"당연하죠."

"그럼 미리 특집 방송 준비하세요. 제가 오늘 저녁까지 꼭 나가게 만들게요."

"예."

메리 앤과 차진영의 면담은 그렇게 끝났다.

차진영이 물러가자 메리 앤은 곧바로 CNN을 켰다.

역시 시리아 문제가 브레이킹 뉴스로 보도되고 있었다.

메리 앤은 전화기를 들었다.

그러나 곧바로 통화가 연결되지는 않았다.

그리고 잠시 후, 문소영이 전화기를 들고 들어왔다.

"제프라는 사내입니다만……."

"이리 줘요."

메리 앤은 황급히 전화기를 받았다.

제프 주커였다.

전 NBC 사장에서 물러난 후 CNN 사장 자리에 오른 인물.

그가 NBC에 근무할 때 백악관에서 만나 인사를 나눈 적이 있었다.

(하이, 메리!)

"축하드려요, 제프!"

(축하가 너무 늦은 거 아닌가요? 그나저나 아이들은 잘 크죠?)

"그럼요. 하나 부탁드릴 게 있어서요."

메리 앤은 서둘렀다.

제프 주커가 그걸 모를 리 없었다.

(하하하! 소문이 사실인 모양이군요.)

"소문이요?"

(유니세프 직원들하고 테라 유니버스 직원들이 시리아

분쟁 지역으로 • 97

에서 죽었다는 소문이 파다합니다.)

"아… 사실 살아 있어요."

(예? 정말입니까?)

"그럼요. 안보국에서 확인해 준 거예요. 어때요. 구미가 당기죠?"

(당연하죠. 그럼 보도국장 연결해 드리죠.)

그제야 메리 앤의 얼굴에는 화색이 돌았다.

CNN 보도국장과 통화 후, 곧바로 브레이킹 뉴스가 떴다.

〈유니세프와 테라 유니버스 직원 20여 명 시리아에 억류. 대부분 한국인으로 추정.〉

브레이킹 뉴스의 내용이었다.

그리고 그 내용을 가장 먼저 HTBS가 보도했다.

다른 방송사들이 가만히 있을 리가 없었다.

방송이 나간 후 곧바로 정부에 대한 성토가 이어졌다.

남의 나라 방송사에서 보도가 나가는데 정부는 브리핑조차 없었으니 낭연한 것이었다.

다음 날.

외교부의 브리핑이 있었다.

억류된 사실은 알고 있었지만 인질의 안전을 위해 극비

로 취급했다는 내용이었다.

메리 앤은 어처구니가 없었지만 어쩔 수 없는 일이었다.

에티오피아 기지의 영빈관에서 이진은 며칠을 기다려야 했다.

속이 타들어 갔지만 어쩔 도리가 없었다.

푸첸과 시진핀을 통해 아사드 시리아 대통령에게 면담을 제안했다.

그러나 답이 오지 않는다.

그사이 전 과장은 투입된 요원을 통해 희소식을 가지고 왔다.

"총 26명 중 23명이 살아 있습니다. 안타깝게도 3명이 죽었답니다. 모두 유니세프 직원입니다."

최종 확인된 피랍자는 모두 26명이었다.

그중 테라 유니버스 직원이 17명이었고, 유니세프 직원이 9명.

그 가운데 3명이 죽은 모양이었다.

"일단 드론을 띄워 놨습니다. 확인해 보시겠습니까?"

"예."

미국 국방부에서 위성으로 감시를 하고 있었지만 전 과

장은 고도 드론을 보냈다.

레이저에 잡히지 않으며 속도가 빠르고 카메라의 해상도가 높다.

상공에서 머물며 시시각각으로 정밀한 사진과 동영상을 전송하고 있었다.

테라만이 확보한 기술이었다.

모두 6G 통신 기술의 개발 과정에서 나온 부가 기술을 통해 만들어 낸 것이었다.

곧 화면에 피랍자들이 억류된 건물이 나타났다.

바닥에 떨어진 담배꽁초까지 확인이 가능했다.

그러나 벽돌 건물인 데다 창문이 작아 내부를 확인할 수는 없었다.

주변으로는 시리아군 병력이 감시하고 있는 것도 확인되었다.

"병력이 저게 전부예요?"

"외곽에 중대 병력 규모의 부대가 있습니다. 시리아 정규군입니다."

"의외로 적네요."

"내전 중입니다. 피랍자 경비에 많은 병력을 투입할 여력은 없습니다. 저것만 해도 예상외로 많은 겁니다."

이진은 고개를 끄덕였다.

아사드는 지금 병사 하나가 아쉬운 시점.

그럼에도 저 정도 병력을 피랍자들 억류에 투입했다면 뭔가 원하는 게 있을 것이 분명했다.

"아마 국제적인 개입에 대비한 카드로 활용할 예정인 것 같습니다."

"영주가 내 동생인 건 알아요?"

"모릅니다. 서류상으로는 전혀 판단할 수 없으니까요. 하지만 알게 되면 회장님께 많은 것을 요구하려고 들 겁니다."

"음!"

아직까지는 박영주가 이진과 관련이 있다는 것을 모르는 모양.

하지만 어쨌든 테라가 관련이 있다는 것은 당연히 알고 있다.

지금 상황에서 그것도 아사드에게는 하나의 카드일 것이다.

그리고 긍정적인 면도 있었다.

이미 보도가 시작되었으니 아사드 입장에서 유니세프 직원들과 테라 유니버스 직원들까지 죽게 만들어 국제적 공분을 사고 싶지는 않을 것.

"아사드가 나한테 뭘 요구할 것 같아요?"

"당연히 돈일 겁니다. 하지만 많이는 요구하지 않을 겁니다."

"왜요?"

"직원들 목숨에 많은 돈을 내놓을 정부나 기업은 없으니까요. 적정선을 따져 보고 액수를 정할 겁니다. 그게 아니면⋯ 미국 정부에 압력을 넣어 반군에 대한 지원을 중단하기를 원할 겁니다."

그것도 예상하지 않았던 것은 아니다.

이진에게 압력을 넣어 미국 정부의 반군 지원을 중단시키려고 할지도 모를 일이었다.

돈이든, 반군 지원 중단이든 어느 것 하나도 쉽게 받아들일 수 있는 일은 아니다.

그럼에도 이진은 뭐든 들어줄 테니 만나자는 연락을 이미 보냈다.

전 과장은 그게 마음에 들지 않는 모양이었다.

"아사드에게 연락이 오더라도 직접 만나시는 것은 피하셔야 합니다. 자칫 회장님이 인질이 되는 날에는⋯⋯."

"⋯⋯."

이진은 전 과장의 말에 대답하지 않았다.

대신 다른 것을 지시했다.

"만약을 위해 구출 작전을 다시 점검하세요. 드론 공격도 구상해 두고요."

"예, 회장님!"

전 과장이 대답을 한 후 나갔다.

메리 앤에게 전화가 왔다.

상황이 어찌 돌아가는지 묻는다. 그러면서 훌쩍거린다. 마음이 편할 리 없었다.

그렇게 며칠이 더 지난 후, 드디어 아사드에게서 특사가 왔다.

특사는 뜻밖에도 근처에 사는 에티오피아 주재 시리아 대사였다.

"에티오피아에 있으면서도 회장님을 처음 뵙네요."
"그러네요. 좀 좋은 일로 먼저 뵈었으면 좋았을 텐데요."
"그러게요. 하지만 이것도 좋은 인연의 시작일 수도 있지요."

라함 알 쿠르디라는 이름을 가진 대사는 그야말로 여유만만이었다.

테라 기지에 처음 온 것도 아니다. 몇 차례 에티오피아 내 외교 사절들을 초청한 적이 있기 때문이다.

그러나 기지 내 책임자들이 그들이 만날 수 있는 최고위층이었다.

그런데 지금은 테라 회장을 만나고 있었다.

그래서일까?

쿠르디 대사는 여유가 넘치면서도 호의적으로 보였다.

"바샤르 알 아사드 대통령께서는 늘 이진 회장님을 흠모해 왔다고 전하라고 하셨습니다."

"저도 늘 아사드 대통령님을 뵙고 싶었습니다."

쿠르디 대사의 의례적인 말에 이진도 의례적인 답을 내놓았다.

그러자 쿠르디 대사가 웃는다.

"하하하! 꼭 그렇게 말씀하지 않으셔도 됩니다. 전 테라의 편에 서고 싶으니까요."

"그러시다면 이미 저와 같은 편이시지요."

이진은 웃으며 그렇게 대답했다.

누군들 이진의 편이 되고 싶지 않겠는가?

그러나 그것도 자신의 목숨이 안전하다는 보장하에서일 것이다.

그리고 쿠르디 대사의 입에서 놀라운 말이 나왔다.

"사실 억류된 직원들 중 동생분이 계신 것을 알고 깜짝 놀랐습니다."

"……."

이진은 예상 밖으로 나온 쿠르디 대사의 말에 아무 말도 할 수 없었다.

어디까지 알고 있다는 뜻일까?

이진이 고민할 때 답이 나왔다.

"돕고 싶습니다. 회장님이 저와 제 가족을 도와주신다면요."

"물론 그럴 겁니다. 원하시는 것이 무엇입니까?"
"저와 제 가족의 망명을 도와주십시오."
"그뿐입니까?"
"무사히 망명을 하더라도 먹고는 살아야겠지요."
"그럼 대사님께서 걱정하실 일은 없을 겁니다."
"아들이 하버드에 들어가게 해 주십시오."

요구 조건이 줄을 이어 나왔다.

모두 이진에게는 쉬운 일들이었다.

이진은 모두 OK했다.

그때, 쿠르디 대사가 의외의 말을 꺼냈다.

"지금 바로 성의를 좀 보이시면 동생분과 통화를 할 수 있도록 해 드리겠습니다."

"그게 정말입니까?"

"물론입니다. 제 측근이 팔미라에 있습니다. 위성 전화를 연결해 줄 겁니다."

이진은 즉시 인터폰을 들었다.

그리고 전 과장에게 지시를 내렸다.

대략 20분 뒤, 전 과장이 20인치 캐리어 가방 하나를 끌고 나타났다.

캐리어를 열자 달러가 가득 담겨 있었다.

쿠르디 대사가 흡족한 미소를 지으며 말했다.

"역시 통이 크십니다."

이진도 얼마인지는 잘 모른다.

다만 가방에 100달러 지폐를 가득 채워 오라고 지시한 것뿐이었다.

쿠르디 대사가 자기 직원을 불렀다.

그리고 가방을 밖으로 보내더니 위성 전화기 한 대를 꺼냈다.

그러고는 통화를 했다.

아랍어가 한참 오가더니 전화기를 이진에게 넘긴다.

"여보세요? 나 이진입니다. 들리십니까?"

이진은 누가 받을지 몰라 떨리는 목소리로 운을 뗐다.

수화기 너머로는 알아들을 수 없는 아랍어가 들려왔다.

아랍어를 못하는 것이 오늘따라 안타까웠다.

잠시 후, 박영주의 목소리가 들려왔다.

(테라 유니버스 박영주란 직원입니다.)

"영주야! 무사하니?"

이진은 황급히 물었다.

그런데 박영주의 대답은 예상 밖이었다.

(누구신지 모르지만 우린 무사합니다. 세 분이 돌아가셨어요.)

"나야. 영주야! 나 이진이야."

(테라 유니버스에 연락이 닿으면 그렇게 전해 주세요.)

목소리를 못 알아듣는 것일까?

박영주는 딴소리를 한다.

이진은 곧 박영주가 왜 그러는지 눈치를 챌 수 있었다.

자신이 테라의 핵심 인물들과 관계가 있다는 것을 숨기려는 것이다.

'그 와중에……'

이진은 안타까움에 가슴이 턱 내려앉았다.

그러나 이미 밝혀진 것이나 다름없었다.

"괜찮아. 이미 통화하는 사람이 나란 걸 알아. 몸은 괜찮니?"

이진이 다시 묻고서야 박영주는 이진을 회장님이라고 불렀다.

(회장님! 그렇게까지 걱정해 주시니……. 저흰 모두 무사합니다. 절대 무리한 요구를 들어주시면 안 됩니다. 아사드는 악마입니다.)

"……"

이진은 다시 박영주의 말에 입을 다물 수밖에 없었다.

자신이 누구인지 밝혔는데도 관계를 밝히려고도 하지 않는다.

그리고 요구 조건을 들어주지 말라고까지 말하는 박영주.

마음 씀씀이가 남다른 아이였는데 지금 상황에서도 그랬다.

"남은 분들은 다들 무사하니?"

(예, 회장님!)

"건강 잘 돌보면서 기다려. 곧 좋은 소식 있을 거다."

(저희는 괜찮습니다. 아사드를 지원하시면 안 돼요. 그러면 더 많은 희생자가…….)

거기까지 말했을 때, 누군가가 아랍어로 소리를 지르더니 통화가 끊겼다.

이진은 잠시 기다리다가 더 들려오는 소리가 없자 전화기를 쿠르디 대사에게 넘겼다.

"확인하셨습니까?"

"예. 한데 통화를 주선한 분이 거기 책임자입니까?"

"책임자는 아닙니다. 하지만 자유 시리아군과 정부군 양쪽에 연줄이 있습니다."

"구출이 가능할까요?"

"가능합니다. 다만… 사상자가 생길 수 있고 비용이 좀……."

다시 돈 이야기였다.

자신의 요구 조건을 들어주는 것과 시리아 내에서 구출 작전에 드는 비용은 별개라는 말과 다르지 않았다.

목숨 값을 요구하는 것이나 마찬가지였다.

곁에서 지켜보고 있던 전 과장이 눈을 부라린다.

"만약 구출이 가능하다면 어떤 경로를 밟아야 합니까?"

"지금으로서는 자유 시리아군이 점령한 국경 지역으로 이동시키는 것밖에는 방법이 없습니다. 거기서 픽업을 하는 것은 테라에서 알아서 하셔야 하고요. 아마 자유 시리아군에서도 대가를 요구할 겁니다."

"돈 걱정은 마세요. 다만 더 이상 사상자가 나오지 않는 것이 중요합니다."

"그건 장담할 수 없습니다. 내부는 심각한 상황이거든요. 더구나 정부군에서 인질을 살려 둔 건 협상 카드로 활용할 생각인 겁니다."

"나도 그렇게 생각해요."

"아마 협상이 잘 안 되면 아사드 대통령은 인질을 죽인 후 자유 시리아군이나 서방의 공격에 의해 살해되었다고 주장할 겁니다."

맞는 말이었다.

그게 아사드에게는 가장 큰 이익이 될 것이기 때문이었다.

다른 방법도 있긴 하다.

궁지에 몰린 아사드를 설득해 망명시키는 것이다.

이후 전개될 역사로 볼 때 아사드는 정권을 포기하지 않는다.

하지만 지금은 상황이 다르다.

엄청난 돈과 자신의 안전이 보장된다면 충분히 망명도 고려할 것이다.

아사드 역시 한 치 앞을 바라볼 수 없는 상황일 테니 말이다.

모두 다 아사드 대통령을 만나 직접 해결해야 할 문제였다.

"아사드 대통령을 좀 만납시다."
"그건 위험하실 텐데요?"
시리아 대사는 자기네 나라 대통령을 만나겠다는데 오히려 이진의 안전을 걱정한다.
세상에는 자신의 정체성을 망각하는 인간들이 너무 많았다.
한국에도, 시리아에도 말이다.
"달리 방법이 없잖아요. 제가 아사드 대통령에게 거절할 수 없는 제안을 할 겁니다."
"……."
쿠르디 대사는 대답을 하지 않았다.
이진이 다시 당근을 내놔야 했다.
"물론 아사드 대통령과의 협상이 잘 진행돼도 대사님께 돌아가는 혜택은 변하지 않을 겁니다. 비밀도 지켜질 거고요."
"연락해 보겠습니다."
쿠르디 대사가 의미심장한 표정을 지으며 대답하더니 자리에서 일어났다.
대사가 돌아가자 전 과장이 즉시 이진에게 말했다.
"저놈을 믿을 수 있겠습니까?"
"달리 방법이 없잖아요. 그리고 일단 인질의 생사를 확인했으니까요."

"하지만 원하는 것이 너무 많습니다."

"돈이 문제가 아니죠. 난 달라는 대로 다 줄 겁니다. 인질을 구할 수만 있다면요. 꼭 영주가 잡혀 있어서만이 아니에요. 내가 구하지 않으면 누가 구하겠어요?"

"송구합니다, 회장님!"

"물론 그 뒤에는 대가가 따를 겁니다."

이진의 말에 전 과장이 입술을 깨물었다.

시리아 인질 사태가 발생하고 가장 큰 뭇매를 받은 곳은 당연히 외교부였다.

곧 허둥지둥 외교부 차관을 단장으로 하는 대책단이 꾸려지더니 활동에 들어갔다.

그러나 소리만 요란했지 실속은 하나도 없었다.

그리고 며칠 후.

어느 한 방송사에서 인질 중 한 명이 테라 회장의 여동생이라는 보도가 나왔다.

메리 앤은 곤혹스럽지 않을 수 없었다.

곧바로 백악관을 비롯한 여기저기서 전화 연락이 오기 시작했다.

테라 유니버스 직원이 인질이 된 것과 테라 회장의 여동생이 인질이 된 것은 전혀 다른 문제로 부각되었다.

매스컴들은 곧바로 박영주에 대한 보도를 쏟아 냈다.

그리고 예상하지 못한 손님들이 찾아들었다.

바로 박영주의 오빠와 누나들이었다.

메리 앤은 이미 이진에게 그 사람들에 대한 이야기를 들었고, 박영주 외에는 남이란 말까지 들었지만 이 상황에서 그들을 맞지 않을 수는 없었다.

테라 유니버스 접견실에 박영주의 형제자매들이 우르르 쏟아져 들어와 자리에 앉았다.

메리 앤은 마음이 편하지 않았지만 일단 사과부터 했다.

"심려가 크시죠. 이런 일이 발생한 것에 대해 먼저 사과드립니다."

사실 사과를 하고 싶지도 않았다.

박영주가 형제들에게 어떤 대접을 받고 자랐는지 잘 알고 있었기 때문이었다.

"도대체 테라는 뭘 하고 있는 겁니까?"

"맞아요. 애가 그 지경이 되도록 대체 뭘 했어요? 입이 있으면 말을 해 봐요!"

고함이 터져 나왔다.

박영주의 큰오빠와 둘째 언니였다.

문소영이 나서려는 것을 제지한 메리 앤이 다시 고개를 숙였다.

"죄송합니다. 영주는 지금 살아 있고, 구출을 하기 위해 회장님이 가 계세요. 좋은 소식이 있도록 최선을 다할 겁니다."

"언제는 회장 동생이라면서요? 확실히 살아 있는 거예요?"

"예. 확실합니다."

"그럼 우리하고 연락을 하게 해 봐요."

"생존은 확인했지만 자유롭게 통화가 가능한 상태는 아닙니다."

"설마 이미 죽었는데 보상해 주기 싫어서 거짓말하는 건 아니고?"

메리 앤은 마지막 말에 속에서 욱하고 치밀어 오르는 것을 참지 못했다.

"방금 뭐라고 하셨어요?"

"왜? 내가 틀린 말 했어? 언제는 동생이라고 만나지도 못하게 하더니, 이제는 죽을 자리를 찾아보네?"

"이자들이 정녕?"

문소영이 더는 참지 못하고 방금 막말을 한 남자의 목덜미를 잡아챘다.

"어어! 이것들 봐라? 무릎 꿇고 싹싹 빌어도 모자랄 판에 폭력을 행사해?"

메리 앤은 당황스러웠다.

그러나 문소영은 아니었다.

어디서 많이 보던 광경이 아닐 수 없었다.
꼭 자해 공갈단 같았다.
"문 실장님!"
메리 앤이 문소영을 불러 떼어 냈다.
그러고는 의외의 말을 꺼냈다.
"만약 영주의 생사가 걱정되신다면 다들 에티오피아로 가세요. 거기서는 확인시켜 드릴 수가 있어요."
"우리가 거길 왜 가?"
메리 앤이 웃으며 말했다.
"생사를 확인해야 보상도 따를 것 아니겠어요? 문 실장님!"
"예, 회장님!"
"비행기 준비시켜요. 이분들 모두 에티오피아로 모셔요."
메리 앤의 말에 다들 당황한다.
그때, 큰오빠인 박주상이 나섰다.
"그래, 가. 가서 확인해 보자고."
"그럼 바로 출발하시죠. 필요한 것은 저희가 다 준비할게요."
다시 메리 앤이 문소영에게 눈짓을 했다.
그러자 문소영이 전화를 걸어 비행기를 준비하기 시작했다.
"뭐 따로 하실 말씀 있으세요?"
"출발하기 전에 우리도 준비할 시간이 있어야지."

박영주의 언니 중 한 명이 입을 열었다.

"그러시겠네요. 그럼 하루 드릴게요."

"그러자고. 만약 영주에게 무슨 일이 있기만 해 봐라?"

그 말은 메리 앤에게 박영주가 혹시 죽었으면 보상을 톡톡히 받아 내겠다는 말로 들렸다.

박영주와 친해진 후, 메리 앤에게 그녀가 한 말이 있었다.

때로는 혈육이 없는 것이 더 나을 때도 있다고 말이다.

대체 얼마만큼 상처를 받아야 그런 말을 하게 되는 것일까?

심지어 고아로 자란 메리 앤도 짐작하기 어려웠다.

그래서 메리 앤은 친부모를 찾자는 이진의 권유를 거절해 버렸다.

지금 가족을 지키는 데 만약 해가 될 소지가 있다면 버려야 한다고 생각한 것이다.

박영주 역시 그랬다.

가족들과 전혀 통화를 하지 않았으며 연락이 왔지만 받기를 거부했었다.

이진은 모르는 일이다.

어쩌면 그래서 스스로 에티오피아로 갔는지도 모르고, 시리아로 갔는지도 모른다.

시리아에 간 테라 유니버스 직원들과 유니세프 직원들은 미리 유서를 써 둔 상태였다.

스스로들 위험을 알고 간 것이다.

그런 사람들을…….

박영주의 혈육들이 모욕하는 것 같았다.

그리고 다음 날엔 더 황당한 일이 벌어졌다.

비행기를 준비시키고 연락을 했지만 박영주의 형제자매들은 하나같이 연락을 받지 않았다.

그리고 아침 9시가 되자 종편 뉴스 채널에서 이상한 내용이 보도되기 시작했다.

현지 억류 인질의 가족들이라며 인터뷰가 나가기 시작한 것이다.

그런데 그 내용은 어이가 없을 지경이었다.

테라 유니버스에서 인질의 가족들의 면담조차도 보이콧한다는 내용이었다.

음성이 변조된 목소리들은 하나같이 테라의 무성의함과 무대책을 비난했다.

메리 앤은 하도 어이가 없어 방송을 계속 시청해야 했다.

『그럼 테라에서 아예 면담조차 거부했단 말인가요?』

『물론이에요. 마치 상관 말라는 것 같았어요.』

『어느 분이 인질로 잡혀 계신가요?』

『동생이요. 가족들 모두 동생에게 무슨 일이 생겼을까봐 다들 일손도 놓은 상태예요.』

『그러셨군요. 평소에 동생은 어떤 분이셨나요?』

『다정하고 여린 아이였어요. 독립심도 강해 커 가면서

혼자 독립해서 살았어요.』

『봉사활동도 열심히 하시고?』

『그건 모르겠어요. 로테유통에서 근무하다가 갑자기 본사로 발령이 났는데 다시 에티오피아로 보내졌어요. 그러더니 테라 유니버스 소속이 되어 있더라고요.』

『그 말씀은 자의로 테라 유니버스에 소속되어 봉사활동에 나선 것이 아니란 말씀이신가요?』

『그건 모르죠. 그렇지만 아무튼 인사 조치는 이해할 수가 없었어요.』

'헐!'

메리 앤이 듣다 보니 틀림없이 어제 다녀간 박영주의 가족 중 하나였다.

"저 정도면 기획 아니겠습니까?"

"기획이요?"

"그렇지 않고서야 돈줄인 우리를 두고 저럴 리 없지요. 누군가가 사주한 것이 분명합니다."

메리 앤은 그럴 수도 있겠다는 생각이 들었다.

누군가 박영주의 가족들을 이용해 테라에 도덕적인 부담을 안기려고 하는 것일 수도 있었다.

그럼에도 메리 앤은 그건 중요하지 않다는 생각이 들었다.

억류 사실이 확인된 후 곧바로 인질이 된 직원들의 가족들에게 연락을 넣었다.

그리고 대부분은 그다음 날 에티오피아에 가 있는 상태였다.

누구 한 명도 그들이 억지로 시리아에 가서 봉사활동을 했다고 말하는 사람은 없었다.

그런데 저들은······.

박영주가 한 말이 거짓은 아니었다.

가족이 아니라 원수 같은 것들이었다.

방송을 계속 지켜볼 때, 차진영이 안으로 들어왔다.

"방송 보셨죠?"

"지금 보고 있어요."

메리 앤은 심사가 불편해 단조롭게 대답했다.

그러자 차진영이 운을 뗐다.

"이걸 호재라고 해야 하나, 악재라고 해야 하나······."

"뭔데요?"

"회장님이 방금 에티오피아에서 시리아로 가셨대요."

"예?"

메리 앤도, 문소영도 까무러칠 정도로 놀라야 했다.

"걱정하실까 봐 알리지 말라고 하셨대요. 근데 돌아가는 상황을 보니 아무래도 보도를 해야 할 것 같네요."

"누가요? 전 과장이요?"

"아니요. 최 차장이라고······. 전 과장 밑에 있는 분이라던데요?"

무슨 놈의 직급이 과장 밑이 차장이다.

아무튼 메리 앤은 곧바로 에티오피아 기지창으로 전화를 넣었다.

그러나 이미 이진은 떠난 상태였다.

아무 걱정 말라는 말을 남겼다고 한다.

아무 걱정 말라니?

그게 가능한가?

그러는 사이 차진영이 다시 물었다.

"직원들을 구하기 위해 분쟁 지역으로 직접 들어간 기업 총수! 뭔가 임팩트가 팍 오지 않나요?"

"언니!"

메리 앤의 언성이 높아졌다.

그때 문소영이 나섰다.

"복배지수(覆杯之水:이미 엎질러진 물)입니다. 실리를 취하는 것이……."

심지어 문소영의 입에서 사자성어까지 나오자 메리 앤은 더 어이가 없었다.

눈에는 이미 눈물이 고였다.

그러나 울 수는 없었다.

남편은 사지로 들어갔고 아이들이 있다.

문득 시어머니 데보라 킴이 떠오른다.

시아버지의 죽음을 알았을 때 시어머니는 출산을 한 직

후였다.

그럼에도 데보라 킴은 누워 있을 수가 없었다.

안나에게 갓난쟁이인 이진을 맡기고는 곧바로 사고 현장으로 향했다.

그러나 태평양 어디서도 비행기의 흔적을 찾을 수는 없었다.

왜 대서양이 아닌 태평양 항로를 선택했는지도 이해가 가질 않았다.

시신조차 찾지 못하고 빈손으로 돌아왔을 때, 시아버지 이유를 보기 민망했다고 했다.

그러고도 쉴 틈은 없었다.

곧바로 테라의 경영 일선에 나서야 했다.

그렇게 지금 테라는 살아남았다. 게다가 메리 앤에게는 세 아이까지 있었다.

입술을 꽉 깨문 메리 앤.

"좋아요. 방송 내보내요. 이제껏 없었던 재벌을 포인트로 맞추죠."

"역시……. 바로 시작할게요."

차진영이 차마 웃지는 못하고 물러갔다.

곧바로 이진의 시리아행이 보도되었다.

매스컴은 일제히 테라의 지주 회장 이진이 인질을 구하기 위해 직접 시리아로 들어갔다고 떠들어 대기 시작했다.

이어 테라의 종편에서는 이진의 살신성인을 포커스로 잡고 집중적으로 보도하기 시작했다.

외신들도 마찬가지였다.

CNN, BBC 할 것 없이 분쟁 지역으로 과감히 몸을 던진 이진을 부각시켰다.

오바마에 이어 시진핀, 그리고 푸첸도 이진이 오너로서 책임감 있는 행동에 나섰다고 추켜세웠다.

물론 나중의 일을 대비한 포석일 것이었지만, 어쨌든 아사드가 이진을 함부로 대할 수 없도록 만드는 데는 성공한 것이나 마찬가지였다.

국회에서도 난리가 났다.

테라 가문의 지원을 받는 국회의원들은 여야를 막론하고, 기업보다 국민을 업신여기는 정부라며 맹공을 퍼부었다.

이진은 직선 코스가 아니라 빙 돌아 터키를 통해 시리아에 진입했다.

그래서 예상보다 시간이 더 걸렸다.

아사드는 이미 이진이 온다는 통보를 받았지만, 이진이 도착한 지역에 맞을 사람을 파견하지는 못했다.

시리아 북서부는 인민수비대(YPG)라고 불리는 쿠르드

족 민병대가 장악한 지역이었다.
 이들은 터키 정부의 지원을 받고 있었다.
 터키 정부는 이진에게 적극적인 협조를 약속했다.
 시리아는 내전 중이었지만 생각했던 것보다 평화로웠다.
 아직 미국도 개입하기 전이었다.
 그러나 이미 오바마로부터 곧 내전에 개입할 것이라는 언급을 받았다.
 오바마도 백악관 브리핑에서 미국을 비롯한 모든 국가가 지원하는 국제 구호기관인 유니세프와 테라 유니버스 직원을 억류한 것은 야만적인 행위라며 맹공을 퍼부었다.
 시리아 내전에 개입할 것이냐는 질문에도 즉시 대답했다.

 '만에 하나 테라의 이진 회장이 돌아오지 못한다면 미국은 전면전에 나설 수도 있습니다.'

 급해진 아사드는 일단 러시아의 푸첸과 중국의 시진핀에게 연락을 취했지만, 먼저 이진을 만나 보라는 말부터 들어야 했다.
 이진은 단 10명의 경호원만을 대동한 채, 시리아 북동부 하사카에서 다마스쿠스로 이동했다.
 이진의 이동은 실시간으로 위성과 드론에 의해 관찰되었다.
 다마스쿠스에 도착한 것은 늦은 저녁이었다.

그래도 수도여서인지 시내에는 여유를 즐기는 사람들이 꽤나 많았다.

내전 중인 나라라는 느낌은 들지 않았다.

군인이 나와 이진을 맞이했다.

"어서 오십시오."

군인이 손을 내밀자 이진 역시 악수를 했다.

전 과장이 설명을 했다.

"만수리 장군입니다. 시리아 혁명수비대 준장급 인물입니다. IS 테러 작전을 진두지휘했습니다."

"안녕하십니까. 이진입니다."

"아사드 대통령께서 기다리고 계십니다."

만수리 장군이 출발을 재촉했다.

아젬 궁전에서 대략 7킬로미터 떨어진 곳이었는데, 원래 아사드가 묵는 곳은 아닌 것 같았다.

다마스쿠스 구 시가지였다.

천장이 높은 비교적 큰 건물로 들어가자 아사드가 넓은 실내에서 군인 한 명과 기다리고 있었다.

"오! 이 회장! 정말 오실 줄은 몰랐군요."

"초대해 주시지 않으셨습니까?"

"그랬나요? 아무튼 이번 일은 유감입니다."

유감이면 그냥 풀어 주면 될 것인데…….

그럴 가능성은 거의 없었다.

박물관 중간쯤에 원탁을 놓고 앉아 있는 것 같은 느낌이었다.

자리에 앉자 차와 위스키가 나왔다.

대화는 영어와 아랍어를 섞어 이루어졌다.

아랍어는 전 과장이 통역을 했다.

"저희 직원들을 풀어 주시길 소원합니다."

"하하하! 당연히 풀어 드려야지요. 국제적인 압박도 심하고……. 다 테라의 사전 작업이겠지요?"

"그럴 리가요?"

"뭐, 아무튼 상관없습니다. 한데 정말 여기까지 오실 줄은 몰랐습니다. 전쟁터라 위험했을 것인데……."

"그런 위험한 곳에 대통령께서도 살고 계시는데요."

이진은 호의적이지도, 그렇다고 적대적이지도 않게 대화를 이끌어 나갔다.

아사드가 본론을 꺼냈다.

"난 이 회장이 오바마 대통령께 영향력을 행사해 주길 바랍니다."

"영향력이라니요?"

"미국이 반군에 대한 지원을 중단하겠다는 약속을 받아 주시죠. 이 회장의 말이면 통하지 않겠습니까?"

"아마 그건 통하지 않을 겁니다."

이진은 오바마가 자신이 부탁한다고 해도 그런 부탁을

들어주지는 않을 것이라는 걸 완곡하게 표현했다.

그리고 다시 입을 열었다.

"그런 정치적인 문제가 아니라면 전 아사드 대통령께서 요구하는 어떤 것이든 들어줄 준비가 되어 있습니다."

"흠! 난처하군요."

아사드는 수염을 쓰다듬더니 통역과 군인 둘을 내보냈다.

그러나 이진은 전 과장을 내보내지 않았다.

본론이 나올 차례였다.

"시리아는 아주 가난한 나라입니다."

아사드가 운을 뗀다.

혹시 가난한 시리아에 식량이나 생필품 같은 것을 원조해 주길 바란다면 얼마나 좋을까?

그런 부탁이라면 쌍수를 들고 환영하고 싶었다.

그러나 역시 아니었다.

"게다가 내전으로 인해 앞날이 불투명하죠. 난 나와 내 가족들에게 있을지 모를 만약의 일을 대비해야 합니다. 이해하시죠?"

"물론입니다."

이진은 단호하게 화답했다.

아사드가 누군가를 불렀다. 부인인지 애인인지 아니면 비서인지 알 수 없는 아랍 여자였다.

그녀가 서류 봉투를 가지고 들어와 내려놓고는 나갔다.

"여기 제 요구 사항이 들어 있습니다. 시간이 좀 걸리실 겁니다."

무얼 요구하기에 시간이 걸린다는 것일까?

그러나 이진은 묻는 대신 봉투에 손을 올렸다.

"전부 들어 드리겠습니다."

"보지도 않으시고요?"

"저에게 바라시는 것이 돈밖에 더 있겠습니까? 얼마라도 내놓겠습니다."

"하하하! 역시 동생분이 맞는 모양이네요."

아사드가 본심을 드러냈다.

이미 박영주가 이진의 동생 신분이란 걸 다 파악한 것이다.

그리고 박영주를 인질로 해서 얻을 것을 미리 계산해 둔 것이 분명했다.

"돌아가면 곧바로 대통령님의 요구 사항을 들어 드리죠. 그러나 저도 몇 가지 요구 사항이 있습니다."

"말씀하시죠."

"음식과 생필품을 우리 사람들에게 공급받게 해 주시죠. 의료팀도 받아 주셨으면 합니다."

"흠!"

"게다가 아시겠지만 제 동생은 입맛이 까다로운 아이입니다."

"당연히 그렇겠죠."

테라가 보통 재벌인가?

그런 테라 회장의 여동생이라면 얼마나 호화롭게 살았겠는가?

그렇게 생각하는 것이 아사드 대통령 정보력의 한계였다.

"평소 전속 요리사가 한 음식이 없으면 손도 대지 않던 아이인데……."

이진은 억지 눈물까지 짜냈다.

아사드도 속는 분위기였다.

"좋습니다. 일단 팔미라 지역으로 사람을 보내면 저희가 합류시키죠."

아사드 입장에서는 손해 볼 것이 없는 장사였다.

최악의 경우라고 해도 더 많은 인질을 확보하게 될 테니 말이다.

"감사드립니다. 오래 걸리진 않을 겁니다."

"얼마나 걸릴까요?"

"일주일 안에 처리하죠."

이진의 말에 아사드의 표정이 확 밝아졌다.

웃으며 악수를 하고 아사드와 헤어졌다.

차에 오르자 이진이 지시를 내렸다.

"원안대로 갑시다."

"예, 회장님!"

❖ ❖ ❖

아사드가 그렇게 만만하지는 않을 것이었다.

역시나 인질들을 팔미라에서 다른 곳으로 옮기기 시작했다.

그러나 이미 전 과장은 그 과정을 완전히 감시하고 있었다.

이진이 터키 쪽으로 빠져나오는 동안 인질들은 팔미라에서 서남쪽으로 이동하기 시작했다.

그리고 150킬로미터 떨어진 곳에 도착해서 더 이상 움직이지 않았다.

대대 병력 이상의 시리아 혁명 수비대가 근처에 주둔하고 있었다.

이진은 쿠르드 민병대 지역에 베이스캠프를 설치했다.

모두 터키의 지원하에 이루어진 일이었다.

전 과장이 훈련시킨 병력 5천 명이 베이스캠프에 이미 도착한 상태였다.

연대급 병력이었다.

그리고 의료진, 요리사, 생필품을 운반 공급할 자원봉사자로 위장한 요원들의 점검에 들어갔다.

"일단 진입에만 성공하면 완벽하게 방어 진영을 구축할 수 있을 겁니다. 이후 병력을 추가 투입하겠습니다."

전 과장이 작전 설명에 나섰다.

먼저 이라크에 주둔하고 있는 미군 병력이 시리아 접경 지역으로 이동한다.

동시에 항모에서 동시다발적인 전투기 출격이 이루어진다. 물론 모두 위장에 불과하다.

아사드의 이목을 남동부로 유인하기 위한 전략이다.

그사이 쿠르드 민병대는 어떤 병력 이동이나 작전도 진행해서는 안 된다.

그래야 아사드가 신경을 덜 쓸 테니 말이다.

"투입할 요원들의 무기는요?"

"드론으로 투입할 예정입니다."

"만약 그걸 시리아군이 먼저 습득하면요."

"첨단 장비입니다. 습득해도 사용할 수는 없습니다. 모두 요원들 지문 인식 장치가 탑재되어 있습니다."

이럴 때 기술은 절대적인 역할을 했다.

진짜 의료진도 포함되어 있었다. 이진은 작전을 꼼꼼히 점검했다.

다 끝나 갈 무렵 전 과장이 물었다.

"한데 아사드가 준 제안서를 아직 검토하지 않으셨습니다. 이유가 있으십니까?"

"들어줄 수 없는 것일 테니까요. 내 동생이라고는 하지만 아사드에게 무언가를 주면 그걸로 다른 사람들이 더 고통받게 될 거예요."

"……."

"영주도 그걸 원하지는 않아요."

"저는… 깊은 감명을 받았습니다."

전 과장이 전에 없던 말을 했다.

박영주에게 깊은 감명을 받은 것인지, 이진에게 받은 것인지는 알 수 없었다.

"모두 사람을 위해 하는 일들이잖아요. 적어도 그런 사람들 때문에 세상이 이만큼이라도 된 거죠."

"예."

"그래도 작전에 성공하고 나면 바로 보복할 거예요. 그 다음은 아사드의 운명에 맡겨야죠."

"당연합니다, 회장님!"

"시작합시다."

이진이 다마스쿠스를 빠져나온 지 3일 후, 위장 요원들이 인질들을 향해 출발했다.

이진은 실시간으로 그걸 지켜볼 수 있었다.

아마 아사드는 그런 낌새를 전혀 눈치채지 못할 것이었다.

아직 상용화가 되지 않은 기술들이었으니 말이다.

화성에 민간 기지를 건설하겠다는 사업 발상에서 테슬라 전기 자동차가 탄생했듯이, 지금 6G나 테라 다이나모도 그랬다.

그걸 진행하는 동안 수많은 부가 기술들이 개발되었고, 시험 장비들이 만들어졌다.

그 시험 장비들이 총동원된 작전이었다.

생각대로 경비는 삼엄했다.

몸수색이 이루어졌고, 가지고 간 장비들도 금속 탐지기를 동원해 검색했다.

그러나 걸린 것은 없었다.

누가 봐도 의료 장비와 식기 및 식재료, 그리고 옷과 담요 같은 구호 물품이었다.

무사히 요원들이 인질들을 만난 것은 다음 날 새벽이었다.

그리고 그 시간에 거의 소음이 없이 드론이 무기를 예정했던 위치에 내려놓는 데 성공했다.

이진은 그런 과정을 드론이 보여 주는 실시간 영상을 통해 지켜보았다.

모든 보안 검사를 해서인지 내부는 비교적 자유로웠다.

세프와 보조 세프까지 나서 음식을 만들기 시작하자 평소 잘 먹지 못하던 시리아 병사들은 관심을 보이기 시작했다.

상황은 예정된 수순을 밟고 있었다.

이젠 내려놓은 무기를 회수할 차례.

곧 의료진으로 위장했던 남자 2명과 여자 셋이 무기를 입수했다.

캐리어처럼 생긴 박스는 곧바로 개봉되었다.

"저게 정말 역할을 제대로 할까요?"

이진이 전 과장에게 물었다.

"전에는 불가능했습니다만, 이제 우리 테라의 기술로 가능해졌습니다."

겉보기에는 특별하지 않아 보인다.

5명의 전 과장 직속 요원들이 총기를 조립한다.

이그젝토(Exacto).

물론 테라에서 입수해서 다시 성능을 향상시킨 후에는 다른 이름이 붙었다.

미국방위고등연구계획국(DARPA)이 개발한 초정밀 특수 임무 개인 화기로 능동형 제어탄을 발사하는 라이플이다.

목표를 일단 한번 확인시켜 주면 능동 제어탄이란 특수 탄환이 목표를 식별해서 사살하는 놀라운 무기.

바야흐로 저격 훈련을 따로 받을 필요가 없는 무기가 현실화된 것이다.

그래서 가능성이 있었다.

이그젝토의 성능은 테라 연구진에 의해 크게 향상되었다.

일단 능동 제어탄이, 그러니까 탄환이 미리 입력한 좌표를 향해 보다 정밀하게 움직인다.

처음 DARPA에서 개발했을 때의 가격이 한 대당 10만 달러.

한국 돈으로 총 한 자루가 1억 2천만 원이었다.

그러나 정밀 능동 제어탄에 위성 및 6G 좌표 추적 기능이 추가되고, 총신에 역시 사물인터넷을 활용한 정밀 유도 장치가 추가되면서 대당 가격은 50만 달러에 육박하게 되었다.

아직 시험 중이었고 펜타곤이나 CIA에서도 모르는 일.

그걸 이진은 처음 실전에 투입한 것이었다.

5명이 5정의 TERA-G1이라는 총기를 조립한 후 총구를 창문 밖으로 겨누었다.

이진이 보고 있는 화면에 시리아 병사들은 붉은 점으로 표시되었다.

먼저 건물 외부에 있는 시리아 정부군 병력의 제거에 나선 것이다.

발사 시 반동 외에는 무소음이기에 어디서 발사가 이루어졌는지조차 알 수 없다.

5정의 총기에서 능동 제어탄이 발사되었다.

아무 소리도 없이 시리아 정부군 병사들이 쓰러졌다.

쓰러진 병사들은 모두 X자로 표시되었다.

그렇게 몇 번의 사격이 끝이 나자 근접해 경비를 하던 시리아 병사들은 모두 사망했다.

이제는 내부였다.

5명의 요원은 내부에 있는 시리아 병사들에게도 총기를 발사했다.

미리 입을 맞출 필요도 없었다. 능동 제어탄이 적을 알아서 찾아갔으니 말이다.

"됐어요. 이제 외곽 병력 폭격만 남았네요."

화면에서 인질들은 모두 요원들에게 구출된 상황.

외곽에 드론 폭격이 퍼부어졌다.

그리고 인질들이 밖으로 나와 가져간 구호물자 차량에 탑승했다.

방탄까지 완벽한 차량이어서 일단은 절반의 성공을 거둔 것이나 마찬가지였다.

요원들은 시리아군 차량에 나눠 탔다.

이미 3천 명의 테라 보안 부대가 중간 지점으로 이동한 상태.

화면에 잔뜩 긴장한 박영주의 모습도 들어왔다 사라졌다.

"1단계는 완료되었습니다."

"수고했어요."

"이제 랑데부만 하면 끝이 납니다."

"정말 대단했어요. 다 전 과장 공이에요."

이진은 전 과장의 공을 치하하지 않을 수 없었다.

완벽하게, 인질이 다치지 않는 작전을 성공으로 이끈 것이다.

"모두 회장님이 만드신 장비들 덕분입니다. 한데 에티오피아 주재 시리아 대사는 어떻게 할까요?"

"그냥 둬요."

"예?"

이진이 웃으며 그냥 두라고 하자 전 과장은 의아해하다가는 피식 웃었다.

이진도 피식 웃었다.

다음 날 새벽.

드디어 인질들이 무사히 쿠르드 지역에 도착했다.

이제는 안전했다.

위로는 터키 공군 비행기가 굉음을 내며 정찰을 하고 있었고, 국경에는 사단 병력이 대기 중이었다.

이진은 직접 나가 인질들을 맞았다.

먼저 유니세프 단장 안토니오 로렐이라는 40대 백인 여성과 인사를 했다.

의사로 유니세프에 헌신하는 봉사자였다.

"고생 많으셨죠?"

"이렇게 직접 구출해 주실 줄을 몰랐습니다. 감사드립니다."

이진은 유니세프 직원들과 인사를 나누고는 한 번씩 포옹했다.

다들 살아 돌아온 것이 꿈만 같은 모양이었다.

이진은 박영주 앞에 섰다.

"영주야!"

"오… 빠!"

"고생 많았지?"

"감사드려요."

"그런 말 말고. 네가 늘 헌신한 덕분이야. 이제 좀 쉬어."

"심려 끼쳐 죄송해요."

박영주는 초췌했다.

인질들은 다 그랬다.

잡혀 있으면서 무슨 일을 당했을지 모를 일이었다.

이들에게는 휴식이 필요했다.

곧바로 건강 검진과 치료가 이루어졌다.

다음 날 터키로 이동할 때까지 이진은 그동안 그들과 함께했다.

그리고 터키에 도착하자마자 기자회견이 열렸다.

전 세계 언론이 몰려들었고, 당연히 한국 언론과 이탈리아 언론이 가장 많았다.

유니세프의 안토니오 로렐이 이탈리아 국적이었기 때문이다.

이탈리아 총리는 이미 이진에게 감사를 표했다.

기자회견은 주로 인질들에게 포커스가 맞춰졌다.

그리고 건강상의 이유로 기자회견 시간을 짧게 조절해 둔 상태였다.

준비했던 답변이 끝이 나자 모두 들어가고 이진만이 남았다.

"회장님이 직접 시리아로 들어가신 것에 대해 말이 많았는데요. 제대로 아사드에게 한 방 먹이셨습니다. 소감이 어떠십니까?"

CNN 기자의 질문에 이진은 웃으며 대답했다.

"아직 전 아사드에게 아무것도 먹인 게 없는데요?"

이진의 대답에 기자들이 일제히 웃었다.

한국 테라 종편에서 나온 기자가 두 번째로 마이크를 잡았다.

"목숨이 위험할 수 있음에도 직접 전쟁터로, 그것도 세계 최대 재벌이시면서……."

사설이 엄청 길었다.

그런데 모두 이진을 찬양하다시피 하는 내용이었다.

당연히 차진영의 짓이 틀림없었다.

이진은 낯이 뜨거웠지만 할 말이 있어 참아야 했다.

칭송과 찬양이 끝나더니 이윽고 질문을 내놓는 이혜진 기자.

"향후 테라 유니버스는 분쟁 지역에서의 구호 활동을 계속 지원하실 겁니까?"

"당연합니다. 이번에 구출되어 온 분들은 단순한 인질이 아닙니다. 자신의 인생을 내던진 채 인류에 대한 봉사를 실천하신 영웅들입니다. 그런 분들도 계신데, 제가 어떻게 여기서 멈추겠습니까?"

에헴.

질문도 길었고 답변도 길었다. 이진은 어렵사리 차진영의 장단에 호흡을 맞춰 주었다.

다시 질문들이 이어졌다.

그리고 기자회견이 다 끝나 갈 무렵, 이진이 자청해서 폭탄 발언을 했다.

"꼭 드릴 말씀이 있습니다."

이진의 말에 일어나려던 기자들이 다시 자리에 앉는다.

생방송 카메라들도 꺼지려다가 다시 작동했다.

이진이 굳은 표정으로 입을 열었다.

"이 인질극을 주도한 시리아 혁명수비대 아사르 알 만수리 장군에게 총 5,000만 달러의 현상금을 걸겠습니다."

거의 폭탄 발언이었다.

오사마 빈 라덴에게 걸렸던 현상금이 고작 1,000만 달러.

"또 에티오피아 주재 시리아 대사인 쿠르디에게 제가 이미 500만 달러의 현금을 지급했습니다. 발견하시는 분의 소유입니다."

"그 말씀은?"

기자 하나가 정신없이 메모를 하며 물었다.

"어제저녁 쿠르디 대사가 수단 쪽으로 탈출했다는 소식을 들었습니다. 아마 돈 가방이 있을 겁니다. 그의 행방은 인터넷에 접속하시면 실시간 추적이 가능합니다."

기자들은 이진의 말에 혀를 내둘렀다.

그리고 이진이 화룡점정을 찍었다.

"알 아사드 자칭 시리아 대통령에게 2억 달러의 현상금을 걸겠습니다. 무려 천 명이 넘는 아이들을 포함한 자기 국민들을 학살한 자입니다. 전범입니다. 대통령이 아닙니다."

기자회견장은 일시에 정적에 빠져들었다.

"시리아 혁명 수비대에서 알 아사드를 처형하는 전사가 있다면 그분에게는 추가로 1억 달러를 더 지급하겠습니다."

"총 3억 달러를……."

해도 너무하다 싶을 정도의 현상금을 이진은 약속하고 있었다.

"테라를 공격하지 마십시오. 당장은 돈을 받을 수 있을지 모르지만 우리는 그다음 백 배, 혹은 천 배, 만 배의 목숨 값을 걸 겁니다."

기자회견은 그렇게 끝이 났다.

❖ ❖ ❖

"회장님!"

메리 앤이 공항에 나와 있다가는 빽 소리를 질렀다.

인천공항 VIP 의전실이었다.

이진은 메리 앤의 마음을 알았기에 얼른 안아 주려고 걸음을 옮겼다.

그러나 메리 앤은 팔을 벌린 이진을 지나치더니 곧바로 박영주를 안았다.

'끄윽!'

이진은 난처하다는 표정으로 팔을 벌리는 제스처로 위기를 모면했다.

함께 나온 문소영이 입을 가린 채 킥킥거리며 웃었다.

울고불고하는 두 사람.

다음이 이진 차례였다.

메리 앤을 안자 그제야 무사히 돌아왔구나 싶었다.

메리 앤은 이미 눈자위가 붉게 물든 상태였다.

그녀를 안자 귓속말이 들려온다.

"나쁜 놈! 나한테 말도 안 하고 거기가 어디라고……."

충분히 메리 앤의 심정을 헤아렸기에 이진은 그녀의 등을 토닥거렸다.

그러나 오래 그러고 있을 시간은 없었다.

터키에서 일주일, 그리고 에티오피아에서 3일을 보내는 동안 한국 포털 사이트는 물론이었고 전 세계 인터넷 검색어 키워드는 '현상금(Bounty)'이었다.

다음은 3억 달러, 그다음은 아사드였고, 그다음은 수단 인민해방군(SPLA)이었다.

에티오피아 주재 시리아 대사 쿠르디는 수단 인민해방군에 의해 사살되었다.

알 자지라에서 시신과 이진이 건넨 돈 가방이 나왔다.

자기 무덤을 판 셈이었다.

아사드와 만수리 장군도 지금 편하게 잠을 자지는 못할 터였다.

자기 부하들이 언제 돈을 노리고 목숨을 빼앗으려 들지도 모른다는 생각에 의심하고 또 의심할 것이 분명했다.

현상금 카드는 그 둘을 지옥으로 몰아넣었다.

심지어 엄청난 현상금에 민간 군사기업들이 나섰다는 소문까지 자자했다.

시리아 정부는 궁지에 몰렸고, 그를 지원해 주던 러시아와 중국도 애써 외면하고 있었다.

현재 상황에서 테라의 첨단 기술을 무시할 경우 그 피해가 어마어마할 것이기 때문이었다.

"밖에 취재진이 가득한데……."

"따로 기자회견 하지 말고 집에 가자. 애들은?"

"할머니하고 안나가 돌보고 있어요. 아무 이야기도 안 했어요."

아이들이 근심할까 봐 메리 앤은 시리아로 간 아빠 이야기를 하지 않은 모양이었다.

다행이었다.

그리고 어머니 데보라 킴도 입국한 눈치였다.

혼날 각오는 해야 했다.

이진은 곧바로 성북동 집으로 향했다.

공항부터 따라붙은 취재진이 집 앞까지 몰려들었지만 접촉을 피했다.

"너 정말?"

대문 안으로 들어서자마자 데보라 킴이 눈물을 쏟아 내며 힐책했다.

"죄송해요."

이진은 웃으며 데보라 킴을 안았다.

"난 너 어떻게 되는 줄 알고······."

데보라 킴은 흐느끼며 말을 잇지 못한다.

안나도 나왔다.

"맞아. 다시는 그러면 안 돼요. 집에서 기다리는 사람들 생각도 해야지요. 우리가 재벌인데 왜 그런 위험한 곳을······."

안나가 떠들어 대자 메리 앤이 막았다.

"그래서 현상금 퍼 주잖아요. 안나 말이 맞아요. 다음에는 그냥 현상금을 걸든가, 아니면 얼마 줄 테니 풀어 달라고 해요."

그러면서 윙크까지 하는 메리 앤.

막상 달려드는 삼둥이를 안아 물고 빨고 하자 이진도 맥이 탁 풀렸다.

위험한 일이었다.

만약 아사드가 이진을 인질로 삼았다면 일은 걷잡을 수 없이 커졌을 것이다.

그러나 목숨을 잃는 것이 두려워서 피하기만 한다면 얻을 수 있는 것은 없다.

기다리다가 잡아먹히기 십상일 것이다.

그러나 입으로는 마음에도 없는 말이 나갔다.

"그럴게요. 다음부터는 직접 안 갈게요. 걱정 끼쳐드려 죄송해요. 무서워 죽는 줄 알았네."

이진의 엄살에 세 여자들이 눈을 흘겼다.

그때, 둘째 이요가 말했다.

"역시 팃포탯이 답이에요. 그치, 아빠?"

이 녀석은 뭘 알고 말하는 것일까?

"그러네. 눈에는 눈, 이에는 이지. 그리고 뽀뽀에는 뽀뽀지."

이진은 막무가내로 삼둥이에게 뽀뽀 세례를 퍼부었다.

아이들이 마왕을 만난 요정들처럼 여기저기로 흩어져 도망치자, 오랜만에 성북동 집에는 웃음꽃이 피었다.

재벌집 망나니
7대독자

 평택항을 기점으로 전라북도 새만금 간척지까지 길게 늘어선 산업 단지들을 사람들은 테라 라인이라고 불렀다.
 핵심인 연구소는 평택에서 한 시간 거리에 위치해 있었는데, 겉모습으로 보기에는 에티오피아 시설과 흡사했다.
 시리아 인질 사태를 해결한 이진이 처음 공식 석상에 모습을 드러낸 것은 2013년 10월 10일.
 15년 만에 발생한 가을 태풍 다나스가 기록적인 폭우를 퍼붓고 이틀 후였다.
 테라 연구소에 아침부터 테라-에이스라고 이름 붙여진 신형 최고급 자율 주행 자동차가 줄지어 안으로 들어섰다.
 모두 시제품 출시 전 마지막 점검을 위해 이사진에게 지급된 업무용 차량이었다.

 더 이상 운전을 할 필요가 없는 완벽한 자율 주행 자동차의 등장.

 이 경이적인 행사를 보기 위해 기자들도 수백 명 모여들었다.

 테라-에이스는 운전기사가 없음에도 스스로 알아서 주차를 했다.

 오전 일찍부터 연구소로 들어선 차량은 수백 대가 넘었다. 주차장은 9시가 되기 전에 이미 만차.

 그러나 최신형 인공지능과 6G 양방향 통신을 탑재한 테라-에이스는 알아서 바깥에 질서 정연하게 주차를 마쳤다.

 결국 연구소 바깥까지 검은 승용차로 장사진을 이뤘다.

 명목상은 홍보였지만, 이 행사는 다른 목적을 갖고 있기도 했다.

 외형은 독립 기업들이지만 실제로는 테라 유니버스와 테라 지주가 꼭짓점이고 나머지는 계열 회사들이나 마찬가지.

 이 거대 기업의 첫 전체 중역 모임이 10월 10일 한국에서 열리게 된 것이었다.

 태풍이 지나고 나서인지 하늘은 맑고 쾌청했다.

 이진이 가족들과 함께 오전 9시를 막 지나 연구소에 도착하자, 연구소 입구는 곧바로 바리케이드로 막혔다.

 오전 회의는 비공개였고, 오후는 공개 행사였다.

 중역들 역시 대부분 가족들과 동반했다.

 연구소 주변은 마치 축제 현장 같았다.

 각종 놀이 시설과 먹을거리들, 그리고 아이들을 위한 행사들이 준비되어 있었다.

 하지만 차에서 내린 이진은 곧바로 회의실로 향해야 했다.

 전체 중역 회의에는 메리 앤까지 동석했기에 아이들은 할머니 데보라 킴이 맡았다.

 할아버지가 돌아가시고 한동안 우울해하던 데보라 킴은 곧이어 TRI의 회장 자리를 내려놓았다.

 그리고 남은 인생은 즐기면서 살겠노라고 선언했다.

 그러자 메리 앤은 어머니가 새로 남자라도 사귀시려나 보다 라며 흉을 봤다.

 그러면서 부러워했다.

 안나 역시 한영의 회장이어서 회의에 참석해야 했다.

 사장 직함을 단 숫자만 200명이 넘었다.

 거기에 보직이 있는 이사들까지 더해져 회의는 강당에서 열어야 했다.

 이진과 메리 앤이 입장을 하자 박수 소리와 함께 함성이 터져 나왔다.

 경영진들은 모두 격앙된 표정이었다.

지금 테라는 인류의 역사를 새로 써 나가고 있었다.

지금까지는 없었던 기술로, 현대사회에서 없어서는 안 될 핵심 분야에서 독보적인 약진을 하고 있었다.

도전자 자체가 없는 상태였다.

6G 기술과 연동된 수많은 제품들은 생활의 중심이 되어가고 있었다.

시리아 인질 사태가 종료된 후 이진이 찬사만을 받은 것은 아니었다.

여기저기서 우려의 목소리가 터져 나왔다.

테라가 시리아에 자체적으로 군사력까지 동원했다는 소문이 파다했다.

연일 우려에 가까운 지적들이 나왔다.

미국도 예외는 아니었다.

일반 기업이 무력을 행사했다는 것은 큰 우려를 자아내게 만들었다.

그러나 여론은 테라에게 우호적이었다.

한국인들만 이진에게 우호적인 것이 아니었다.

전 세계 대부분의 사람들이 기업 경영자이면서 직원들을 위해 사지로 직접 뛰어든 이진을 찬양하다시피 했다.

한국에서는 차기 대통령으로 삼아야 한다는 말이 나와 때 아닌 이진의 국적 논쟁이 불거졌다.

미국에서 역시 마찬가지였다.

오바마의 뒤를 이을 지도자라고 치켜세우면서 민주당과 공화당 양쪽에서 차기 대선 후보로 점찍었다는, 말도 안 되는 소문도 나돌았다.

정말 말도 안 되는 소문들이었지만 그만큼 이진에게 우호적인 여론이 형성된 것만은 사실이었다.

"반가워요. 와 주셔서 감사드려요."

거기에 고무된 탓인지 메리 앤은 입장하며 거의 모든 사람들과 악수를 나누었다.

"곧 회의를 시작하겠습니다. 착석해 주시기 바랍니다."

사회자가 착석을 유도했지만 무려 20분이 더 지나서야 분위기는 가라앉았다.

이진의 표정도 밝았다.

먼저 5대 기업의 회장들이 나서 경영 상태와 목표치 상향을 자랑삼아 설명했다.

한 사람, 한 사람 프레젠테이션이 끝날 때마다 우레와 같은 박수가 터져 나왔다.

사실 이런 식의 프레젠테이션은 의미가 없었다.

이미 그 내용들이 공개되면서 각자의 개인 단말기에 상세한 설명까지 곁들여 전달된 후였기 때문이었다.

연이은 박수로 프레젠테이션이 계속되고 있을 때.

갑자기 고함과 함께 출입문 쪽으로 우르르 사람들이 몰려들어왔다.

"뭐 하세요? 막으세요."

연구소 보안팀장이 기겁을 하며 나섰다.

이진이 조용히 강우신에게 물었다.

"누구예요?"

"아! 자동차 노조입니다."

"노조요?"

뜻밖의 일이었다.

이진에게도 노조는 생소하다.

아니, 박주운에게도 생소하다고 해야 맞을 것이다.

왜냐하면 성산그룹에는 이렇다 할 노조가 없었기 때문이다.

좋게 말하자면 그만큼 직원들이 만족한다는 뜻이 될 테지만, 성산의 경우는 그게 아니었다.

이만식 회장의 원천 봉쇄로 노조 설립 자체가 이루어지지 않았으니까.

현재 테라의 다른 계열사에도 노조는 있었다.

그러나 현재까지 엄청난 상여금과 임금 인상으로 인해 대부분 노사 간 사이가 좋았다.

문제는 옛 현도 자동차인 테라 자동차 노조.

이른바 상급 기관을 위에 둔 강성 노조였다.

피켓과 머리띠를 두른 노조원들과 보안요원들 사이에 실랑이가 벌어지고 있었다.

이진이 가만히 지켜보고 있을 때, 메리 앤이 나섰다.

"회장님! 노조 간부들도 초대할 걸 그랬어요."

"사모님! 아니 회장님, 그건 자칫 문제만 키울 수 있습니다."

강우신이 나서서 메리 앤의 입장에 반대했다.

"왜요?"

"한번 그러고 나면 원하는 건 뭐든 들어줄 거라고 여기게 될 겁니다. 여긴 경영진 회합입니다."

"그래도……."

메리 앤이 말끝을 흐리자 이진이 편을 들고 나섰다.

"그럼 저분들, 참관하시도록 해요. 대화도 좀 나누고. 하고 싶으신 말씀이 있으면 들어 보고요."

강우신은 난감해하며 테라 자동차 정우영 회장을 바라본다.

그 역시 난처한지 연신 이진을 향해 고개를 숙였다.

"괜찮아요. 저분들, 들어오시게 해요."

이진의 말에 보안요원들이 일제히 물러났다.

문소영과 마이크를 비롯한 이진의 개인 경호원들이 잔뜩 긴장한 채 가까이 다가섰다.

그러자 메리 앤이 저지했다.

"괜찮아요. 다 같이 한솥밥 먹는 사이잖아요."

메리 앤의 말에 이진도 웃을 수밖에 없었다.

자동차 노조원들은 일단 회의 참관이 허락되자 조용히 앉아서 나머지 프레젠테이션을 지켜봤다.

대부분의 프레젠테이션은 실적에 대한 찬사였다.

이진도 예상은 했지만 다들 그것에만 집중한다.

그게 내심 걸렸지만 별도의 지적은 하지는 않았다.

어차피 이진은 지배 주주의 위치.

비록 실제로는 그렇지 않다고 해도 경영에 시시콜콜 나서서 참견하는 것은 모양새도 좋지 않았다.

프레젠테이션이 마무리되었다.

모두가 자리에서 일어나려고 할 때, 자동차 노조원들이 아래로 내려왔다.

올 하반기에 임명된 정우영 자동차 회장이 난감한 표정을 지으며 다가가더니 이야기를 나눈다.

그러더니 노조원 한 명이 갑자기 이진에게 다가왔다.

마이크가 나서서 앞을 막았다.

"물러나 주시겠습니까?"

"우린 이 회장과 이야기를 하고 싶습니다. 어차피 테라는 이 회장 거 아닙니까?"

"물러나시죠."

마이크와 경호원들이 돌아갈 것을 권했지만 노조원들은 물러나지 않았다.

퇴장하던 이사진들이 모두 주춤한 채 상황을 바라보고

있었다.

"좋아요. 그럼 정 회장님하고 나하고 함께 미팅을 합시다."

이진이 노조원들의 대화 요구를 받아들였다.

"그러실 것까진 없으십니다."

"아니에요. 어차피 직원 분들이신데 들을 건 들어 봐야죠."

"그럼 장소를 옮기시죠. 이곳에서는 곧 기술 파트장들 회합이 있습니다."

"그러죠."

이진은 정우영의 안내를 받아 소규모 회의실로 들어갔다.

정우영 회장과 이진이 같은 라인에 앉고 노조원들이 반대편에 앉았다.

그사이 이진은 아까 노조원들이 들고 있던 피켓에 쓰인 문구를 떠올렸다.

〈실적에 맞는 연봉 인상!〉
〈테라 전체 노조 허용.〉
〈노조 전임자 대우 강화.〉

대략 기억나는 것은 세 가지였다.

자동차 노무 담당 이사와 공장 총괄 책임자가 곧바로 뛰다시피 안으로 들어와 착석했다.

"전 금속 노조 산하 한국 테라 자동차 노조위원장 한진규이라고 합니다."

"만나서 반갑습니다."

한진규 위원장은 이진에게만 손을 내밀었다.

이미 문제가 있었던 것이 분명했다.

곧바로 정우영 회장이 나섰다.

"위원장이 지난번에 건의한 문제는 이미 대답을 했을 텐데요?"

"물론 답변을 들었습니다. 그리고 우리 노조는 그 답변을 단호히 거부합니다. 곧 투표를 거쳐 파업 등 쟁의 행위에 돌입할 예정입니다."

"그런 막무가내가 어디 있습니까? 지난해 임금 협상은 올 12월까지 유효합니다. 근데 이미 지난 임금을 소급해 더 지급해 달라는 것은 누가 봐도 억지입니다."

정우영 회장의 말을 들으니 이진에게도 감이 왔다.

노조가 새해 임금 인상분을 이미 지급된 임금에 소급 적용해 달라고 요구한 것이었다.

이진으로서도 기가 막힌 내용이었다.

"곤란할 문제는 아닙니다. 테라는 지난해 사상 최대의 수익을 올렸지요. 거기에는 노조원들의 헌신적인 노력도 한몫했습니다."

"……"

"경영진들은 대부분이 100억대의 연봉을 받은 것으로 알고 있습니다."

"그건 어디까지나 경영진 연봉 체계가 실적에 따라 적용되기 때문입니다."

"그럼 노동자들은 실적이 아무리 올라도 더 못 받는단 말씀이신가요?"

"그건 아니죠. 그래서 해마다 새 임금 협상을 하는 것 아닙니까? 하지만 소급이라니요? 그건 말도 안 됩니다."

정우영 회장은 강경했다.

이진이 듣기에도 노조의 주장은 지나쳤다.

차라리 보너스를 달라고 하면 모를까.

실적에 따라 지난해 연봉을 추가로 지급해 달라니?

하지만 이진은 잠자코 듣기만 했다.

그러나 듣는 것도 몇 마디 대화가 오가더니 끝이 났다.

"테라 전체 회사의 회장님이신 이진 회장님이 말씀을 좀 해 보시죠?"

"제가요?"

한진규 노조위원장이 이진을 지목하고 나섰다.

이진은 난감했다. 자신이 끼어들 사안이 아니었다.

"예. 어차피 모든 결정은 이진 회장님이 하시는 것 아닙니까?"

"그건 아닌데요?"

"아니라고요?"

"예. 테라 지주는 투자 회사입니다. 전 지주회사의 경영에만 직접 개입합니다."

"말이 안 통하시네."

한진규 노조위원장의 말은 점점 짧아졌다.

정우영 회장에게도 마찬가지였다.

하지만 분명히 이진이 나설 일은 아니었다.

실제로도 자동차의 경영에 이진은 개입하지 않고 있었다.

이사회나 주주 총회에서 의결권을 가지고 있으니 그걸 행사할 뿐이었다.

실권을 가지고 있다고 해도 절차는 중요하다.

그게 허물어지면 모든 것이 허물어진다.

"두 분 회장님들이 고집불통이네. 이거야 원! 그럼 신제품 출시는 없는 거죠."

"……"

한진규 노조위원장의 협박성 발언에 정우영 회장이 양팔을 벌리며 난감하다는 표정을 지었다.

이진은 별다른 의사 표시를 하지 않았다.

더 대화할 것이 없었다.

그래서 자리에 일어서려는 찰나, 한진규 노조위원장이 이진을 콕 찍었다.

"바쁘신 건 알지만 한 10분만 저와 대화를 나눕시다."

"예, 그러죠. 어차피 한솥밥 먹는 사이인데 그게 뭐 어렵겠어요?"

정우영 회장은 곤란하다는 표정을 지었지만 이진은 가볍게 승낙했다.

결국 이진은 한진규 위원장과 둘만 남게 되었다.

"한솥밥이란 말씀이 인상적이시네요. 한국말도 잘하시고요."

"당연하죠. 나도 테라로 먹고사는 사람이니까요."

몇 마디 말이 오간 후 좀 편해져서일까?

한진규 위원장이 묻는다.

"제가 격의 없이 좀 말씀드려도 될까요?"

"당연하죠. 말씀하십시오."

이진은 선선히 응했다.

그런데 의외의 말이 나온다.

"미운털이 많이 박히셨어요."

"제가요?"

"그럼 누구겠습니까?"

"하하하! 누가 저한테 미운털을 박았을까요?"

이진은 웃으며 물어야 했다.
"노동계에서는 말이 많아요. 지금 테라를 잡아 놔야 한다고……."
"그런가요? 어째서 그런 말이 나오는지 모르겠네요."
"테라가 너무 크니까요. 그냥 두면 씨도 안 먹히게 될 거라고들 수군거리죠."
"우리 노조에서요?"
"아직 우리 노조에서는 아니죠."
이진은 그 말을 기다렸다.
당연히 그래야 한다.
지난해 연말, 이진은 각 부문별 회장들이 제시한 액수보다 훨씬 많은 보너스를 지급하도록 했다.
임금 인상률 역시 마찬가지였다.
거의 파격적인 수준이었다.
지금 지구상에서 가장 일하고 싶은 회사 1위는 테라였다.
심지어 배당을 줄이고 대신 임금을 올렸다.
"그럼 상급 노조겠군요."
"예. 꼭 우리 금속 노조가 속해 있는 민노총만은 아니에요. 한노총도 마찬가지죠."
이진은 얼핏 이해가 갔다.
현재 테라의 근무 조건이나 연봉은 딱히 노조가 필요하

지 않을 수준이다. 직원들이 뭔가를 원하기 전에 알아서 먼저 챙겨 주기 때문이다.

특히 전자의 경우는 그랬다.

이진은 강우신의, 어찌 보면 이상적인 노사 관계에 대한 소신이 힘을 받도록 적극적으로 지원했다.

자동차도 그다지 다르지는 않다.

그러자 노조의 존립 자체가 위태롭다고 여긴 것일까?

"그럼 테라가 직원들에 대한 혜택을 줄여야 할까요?"

"하하하! 그러실 필요도 있어요. 왜냐하면……."

"우리 테라 말고 다른 회사 노조원들이 지나친 소외감을 느낄 테니까요?"

"역시 알아들으시네요. 위에선 그게 문제라고 생각하는 거예요. 지금 우리 연봉이 다른 동종업계 평균 연봉의 3배가 넘어요."

"그러니까 연봉을 줄여 맞춰 달란 말씀은 아니시겠죠?"

이진은 점점 어이가 없어져 갔다.

"하하하! 아직 젊으셔서 그런지 극단적이시네. 우리 노조원들 임금을 줄이면 누가 좋아하겠어요?"

"그럼 어떻게 해야 할까요?"

"다른 문제도 있어요."

이진이 어이가 없어 직설적으로 묻자 전혀 다른 말이 나온다.

시계를 잠시 본 이진이 다시 물었다.

"뭔가요?"

"다 아시겠지만 정치권에서도 경계 대상 1호이시잖아요."

"제가요?"

"예. 국제적인 히어로이신데……. 정치권에서도 바짝 긴장하고 있어요. 곧 이중 국적 문제도 거론될 겁니다."

"난 아직 한국 국적이 없는데……. 물론 한국 국민이고 싶지만요. 시간이 많이 지나가네요."

한진규 위원장의 말은 협박처럼 들렸다.

그리고 맥락이 없었다.

그러나 이진은 내색하지 않기로 했다.

일어서야 할 시간이었다.

어차피 들어 준다고 해도 이진이 결론을 내릴 일은 없었다.

소속 회사의 사측이 결정해야 할 문제였다.

그리고 적어도 여론의 무성한 추측을 한진규 위원장과 상의하고 싶지는 않았다.

그런 문제들에 대해 상의해야 한다면 개인적인 일이니 메리 앤이나 아니면 테라 가문의 어른들과 상의할 일이었다.

"국적을 바꾸시겠단 말씀이신가요?"

"그 문제는 위원장님과 상의할 일은 아닌 것 같군요."

"아! 그렇긴 하죠."

"아무튼 테라는 사상 최고의 실적을 이뤘지요. 그리고 전 그에 맞게 직원 분들을 대우해 주길 바랍니다. 지난해 실적에 따른 대우가 부족했다면 그것도 어떤 식으로든 보상이 되도록 주총에서 힘을 신죠."

이진은 원론적인 말로 마무리를 지으려 했다.

하지만 한진규 위원장은 아니었다.

"화통하시긴 하네요. 근데 말귀는 좀 어두우시네요. 아니면 한국에 대해 아직 잘 모르시든가요."

점점 정도를 벗어나고 있었다.

이진 스스로가 자신이 저 높은 꼭대기에 있다고 생각한 적은 없지만, 개별 기업 노조위원장과 사적인 대화를 나눌 위치는 아니었다.

현재 이진에게 그런 요구를 할 수 있는 사람은 SEE YOU의 정식 멤버 외에는 없다.

그조차도 이진의 동의를 구해야 한다.

그리고 그것도 오래가지는 않을 것.

이진은 한진규 위원장이 눈을 똑바로 쳐다보며 물었다.

"제 조국이라 알 만큼 안다고 생각했는데……. 아닌가요?"

"호미로 막을 걸 가래로 막으려고 하시니까요."

"하하하! 그럼 안 되죠. 그럼 제가 호미로 막으려면 어떻게 해야 되겠습니까?"

"그러니까요. 그 말씀 들으려고 이렇게 마주 앉은 거죠. 좀 유도리 있게 가시죠?"

이 자식, 뭐지?

이진은 잠시 그런 생각이 들었다.

유도리.

참 오랜만에 들어보는 말이었다.

"제가 비록 테라 자동차 노조위원장이긴 하지만 상급 중앙집행위원이기도 합니다."

"그러셨군요."

"하! 이거 제 얼굴에 금칠하는 것 같네요. 아무튼 제가 회장님을 돕는다면 문제는 보다 유연하게 처리될 겁니다."

"……."

"그리고 향후 정치권으로 가시더라도 든든한 우군이 될 겁니다. 아이고! 테라는 정말 우리 노조원들에게 잘해 주잖아요. 다들 요즘 아파트 평수 늘리느라 난리예요."

"그거 다행이군요. 그럼 제가 뭘 해 드려야 할까요?"

이진은 감을 잡았다.

개인적인 대가를 원하는 것이다.

정우영 자동차 회장이 무시하려 한 것은, 사실상 노조의 무리한 요구가 대부분 노조원들의 지지를 받지 못하고 있다는 것을 알기 때문이었을 것이다.

그리고 강당에 들어온 노조원도 몇 되지 않았다.

"워낙에 통이 크시니……. 지난번 여름에 수해 난 곳에 가구당 5천만 원씩 지급하셨죠?"

"그랬나요? 아이 엄마가 하는 일이라……."

"저하고 손잡고 가시면 손해는 없을 겁니다."

"어느 정도나……."

이진은 정말 알고 싶었다.

정말 지금 자신에게 개인적인 돈을 요구하고 있는지를 말이다.

"이 정도면……."

한진규 위원장이 메모지 한 장을 꺼내 동그라미를 그렸다.

많이 해 본 솜씨였다.

동그라미는 10개였다.

100억 달러를 요구하는 것은 아닐 것이고, 100억 원일 것이다.

뭐, 딱히 많은 돈이라고 느껴지지는 않는다.

그러나 이진은 엄청 놀란 척했다.

그러자 반응이 나온다.

녹취될지 모른다고 여겨서인지 두루뭉술하다.

"나만 먹는 것도 아니고……. 위로도 가야 회장님 카바에 도움이 되겠지요?"

카바, 유도리.

나올 말은 다 나왔다.

이놈은 노조위원장이 아니라 전형적인 협잡꾼이었다.

이진이 입을 열었다.

"얼마 안 되네요. 난 100억 달러인 줄 알았죠. 그것도 껌 값이지만. 아무튼 나도 들을 말 다 들었으니 유도리 있게 생각해 볼게요."

"……."

갑자기 바뀐 이진의 말투에 한진규 위원장이 어리둥절 해했다.

이진이 자리에서 일어났다.

"시간이 벌써 이렇게 되었네요. 오늘 딱따구리 돌릴 일이 많아서 그만 일어나야겠네요."

"아, 예. 그럼……."

어제는 역사이고, 내일은 미스터리이고, 오늘은 선물이다.

이 말은 영화 쿵푸 팬더의 명대사 중 하나다.

하지만 대부분의 사람들은 어제나 내일을 산다.

사실 뻔한 말이다.

그리고 그것이 진리라는 걸 알긴 안다.

사람은 오늘, 그것도 현재밖에는 살 수 없다.

계획이 필요하지 않다거나, 과거 역사에 대한 인식이 필요하지 않다는 뜻이 아니다.

하지만 그럼에도 우리는 현재 이외에는 살 수 없다.

개인의 삶 역시 마찬가지다.

당장 오늘 아침에 출근길에 나섰다가 교통사고로 죽는 사람이 분명히 어디엔가 있다.

그게 단지 자신이 아닐 거라고 여길 뿐이다.

그런 뉴스를 접하면 이렇게 생각한다.

'안됐네. 조심하지.'

그러나 누구도 예외는 없다.

우리의 운명은 우리의 통제하에 있는 것이 아니다.

그러니 아무리 정교하고 확실한 미래에 대한 계획을 가지고 있다고 해도 오늘을 살지 못한다면 다 소용없는 일이 된다.

과거에 대한 인식?

역시 마찬가지다.

지워 버리고 싶은 흑역사 하나쯤은 누구나 가지고 있을 것이다.

아무리 잘 산 사람들이라고 해도 말이다.

그걸 지울 수는 없다.

다만 우린 그걸 통해 배울 뿐이다.

이진의 경우 오늘은 더욱 그랬다.

시리아에서 알 아사드를 만나면서 목숨을 걸었다.

알 아사드는 분명히 이진을 억류하는 방안을 고려했을 것이다.

그의 입장에서 상황은 그야말로 최악이었다.

이진도 무사히 돌아오리라고 장담할 수 없었다.

아마 미국 정부에서 그 일을 미리 알았다면 물리력을 동원해서라도 방해하려 했을 것이다.

이진이 인질이 되면 어느 정부도 자유롭지 못하게 될 것이기 때문이었다.

이진은 다마스쿠스에서 목숨의 위협을 느꼈다.

장담하고 떠날 때와 아사드를 만나기 위해 커다랗고 높은 천장을 가진 공간에 나섰을 때와는 달랐다.

그만큼 아사드는 선택의 패가 많았다.

그런데 그는 패를 잘못 골랐다.

왜 잘못 고른 것일까?

그건 아주 단순한 문제였다.

그가 오늘을 사는 사람이 아니었기 때문인 것이다.

이진은 성북동으로 돌아와서야 자신이 얼마나 위험한 상황에 노출됐었는지를 실감했다.

그리고 더 이상 인생을 이런 식으로 살아서는 안 되겠다는 생각을 하게 되었다.

누구나 죽음이 고비를 넘기면 그런 마음을 한 번쯤은 가진다.

이건 마치 군대를 제대해 사회에 다시 발을 내딛는 청년의 각오와 비슷하다.

그러나 그 각오는 곧 빛이 바랜다.

죽음을 앞둔 경험이라고 해서 다르지 않다.

살면서 그때 먹었던 마음들은 무뎌지고 이내 잊혀 간다.

이진은 달랐다.

두 번의 경험.

그것도 각각 다른 사람으로 선택의 순간에 섰다.

처음엔 그런 선택들이 전혀 다른 것이라고 여겼지만, 이번 시리아 일로 다시 생각해 보니 같은 선택들이었다.

이만식에게서 위기를 맞아 죽고, 다시 이진으로 태어나고 다시 죽음의 위기를 맞았었다.

달라진 것은 외적 환경 하나밖에는 없다.

그러나 죽음이란 명제는 늘 같았다.

박주운으로 살다 경춘 국도에서 죽으면서는 왜 후회하게 된 것일까?

고작해야 미리 이만식 일가에서 벗어나 평범하게라도 살고 싶다는 걸 실천하지 못한 것뿐이었다.

'미친놈! 왜 그걸 못해?'

누가 알았다면 그렇게 말했을지도 모른다.

하지만 현실을 맞닥트리면 바로 실천하는 사람은 거의 없다. 마치 다른 길이 없는 것처럼 여겨지기 때문이다.

인생이라는 문제 역시 같다.

달콤한 인생은 외부에서 오는 게 아니다.

스스로 만드는 것이다.

그러나 대부분은 그런 인생을 경험할 수 없다고 여긴다.

온갖 사회 시스템으로부터 시작된 절차와 비용이 그렇게 할 수 없다며 목을 졸라 온다.

재벌이라고 해서 다를까?

만약 재벌은 다르다면 그들은 자유를 얻었을 것이다.

그럼 '나 혼자 산다'에 나오는 사람들은?

정말 외진 곳에 나 혼자 살아서 행복하다는 말을 믿을 수 있을까?

없다.

그들은 체념한 것이다.

정말 행복하다면 나 혼자 살지 않아도 행복할 것이다.

그것밖에 다른 방법이 없다는 것을 받아들이면 그때부터 진짜 행복해질 수 있다.

이진이 시리아에서 돌아와 고민한 부분이 그것이었다.

행복하자.

달콤한 인생을 살자.

가장 좋아한 사람은 메리와 아이들이었다.

매일 아빠가 안 나가고 놀아 주고 이야기도 해 주고 함께 식사도 하니 말이다.

메리 앤은 조금은 걱정스러운 눈치였지만 곧 받아들였다.

'에고! 돈 못 벌어 오면 내가 벌면 되지, 뭐.'

그게 달라진 이진에 대한 메리의 표현 방식이었다.

밖으로 나가자 햇살이 좋았다.

아이들은 금방 다른 아이들과 친해져 함께 뛰어다니느라 정신이 없었다.

회의에 참석했던 중역들도 모두 평상복으로 갈아입은 상태였다.

"한 위원장이 뭘 요구했습니까, 회장님!"

이진이 나가자 정우영 회장이 가장 먼저 다가와 물었다.

자기 직원 일이니 신경이 쓰이는 모양이었다.

그것도 좋은 일도 아니었고 말이다.

다른 회사 회장들 보기에도 민망했을 것이다.

"특별한 이야기는 없었어요."

"하지만……."

"정 회장님도 좀 즐기세요. 너무 신경 쓰지 마시고요."

"그럼 한 위원장이……?"

이진의 말에도 정우영 회장은 그 일에서 벗어나지 못하고 있었다.

이진이 말했다.

"설사 노조에서 파업을 하더라도 투표는 할 것 아니에요."

"그렇습니다만……."

"나나 정 회장님이 잘해 왔다면 부결되겠지요. 아니면 무언가 우리에게 문제가 있다는 말이 되고요."

"……."

"편하게 생각하시죠."

"예, 회장님!"

정우영 회장이 고개를 숙인 후 물러났다.

그러자 강우신이 다가와 속삭이듯 말을 붙였다.

"테라 에이스 상용화가 코앞인데 노조를 그냥 둬도 돼? 그러다 파업이라도 하는 날이면……."

"형도 참! 별걱정을 다 하네. 자동차 노조만의 문제는 아니야."

"하기야 택시, 버스, 운송 사업자들 전부의 문제이지."

강우신이 동의한다.

자동차 노조만의 문제는 아니다.

자율 주행차가 상용화되는 순간, 운수업에 종사하는 모든 사람들의 일자리가 사라져 버린다.

"그래서 난 문제라고 생각하지 않기로 했어."

"그게 무슨 말이야?"

갑작스러운 이진의 얼토당토않은 말에 강우신은 물어야

했다.

"문제를 문제로 보면 서로 갈등만 생기지. 할 수 있는 건 하고, 할 수 없는 건 고민하지 않는 거야."

"그렇긴 하지."

말은 쉽다.

그러나 그렇게 실천하기는 어렵다는 것은 다들 안다.

다른 사람이 그런 말을 했다면…….

'그래라. 얼마나 가나 보자.'

이렇게 반응했을 것이다.

그러나 지금 그 말을 한 것은 이진이다. 테라 지주의 총수 말이다. 그래서 믿음이 갔다.

"형도 좀 즐겨. 너무 일에만 매달린다고 형수가 뭐라고 안 해?"

"그 사람도 그런데, 뭐."

"그렇게 사니까 행복해?"

행복하냐고 묻는 이진.

강우신은 시리아 인질 사건 이후 이진이 변화를 겪었다는 것을 눈치챘다.

어떤 변화일까?

"난 일하면 행복해. 그런데 그 사람은 뭘 위해 일을 하는

즐거운 인생 • 173

지 모를 때가 있어."

"우린 왜 일을 하는지 둘 다 아는데······."

이진은 그렇게 말하며 웃었다.

우리는 모두 걱정으로 세월을 보낸다.

아직 일어나지 않은 일에 대한 염려.

단기, 혹은 중장기 플랜을 짜고 시뮬레이션을 돌린다.

기대하던 결과가 나오면 걱정이 태산처럼 쌓인다.

지금 자율 주행차 문제도 마찬가지.

수많은 문제들을 내포하고 있다.

당장 내일 언론이 테라의 홍보용 자율 주행차 집단 운행에 어찌 반응할지 모른다.

성공적이라고 하면 운수 노조가 당장 집단행동에 나설지도 모르고 말이다.

정부는 누구 편을 들까?

내 편으로 만들기 위해 로비에 나서야 하나?

만약 한국에서 자율 주행차 생산이 시기적으로 밀린다면 어떻게 해야 할까?

운수업 종사자들의 일자리가 없어지는 것에 대한 보상을 어찌해야 할까?

아니, 해야 하나, 말아야 하나?

이진은 강우신과 이야기를 나누며 넓은 연구소 앞마당에서 인사를 하고 음료를 마시는 중역들의 얼굴을 일일이 관찰했다.

웃고는 있지만 다들 얼굴에 근심이 가득하다는 것을 조금만 주의 깊게 살펴도 알 수 있었다.

다들 이진이 가지고 있는 고민들을 나눠 가지고 있는 것이다.

즐거워야 할 인생인데…….

나름 사회적, 경제적인 계층이 올라갈수록 더 고통스러운 인생을 살게 된다.

저들의 얼굴에서 근심을 덜어 내는 것이 바로 이진이 할 일이었다.

오늘 모임을 시작으로 나머지 실무자들의 미팅이 이곳에서 연이어 열린다.

대략 일주일은 걸릴 것이다.

하지만 머리를 맞대고 고민한다고 해서 해결될 문제들은 오히려 적었다. 덜어 내지 않으면 아무리 머리를 굴려 봐야 안에 든 것이 돌고 도는 것. 조합만 찾게 된다.

이진은 홍보 영상 촬영을 위해 직접 감독에 나선 차진영과 이야기를 하고 있는 메리 앤을 불렀다.

"왜요?"

"오늘 여기서 지내고 내일 갈까?"

"왜?"

"아이들이 좋아하잖아."

삼둥이는 오랜만에 널찍한 잔디밭을 뛰어다니느라 정신이 없었다. 그리고 그 뒤를 쫓아다니는 문소영과 경호원들도 정신이 없었다.

"그러네. 하기야 애들이 매일 성북동 집에서만 지내서……."

메리 앤도 아이들이 뛰어노는 모습을 보니 생각이 달라지는 모양이었다.

그때, 차진영이 강우신과 함께 다가왔다.

"그럼 이렇게 하면 어떨까요?"

차진영이 엿듣고는 서둘러 나섰다.

"어떻게요?"

"자동차 노조와 문제가 있다면서요?"

"문제는 아니야. 차 대표!"

둘은 남들 앞에서 서로를 직함을 부르는 것으로도 유명했다.

"어쨌든 그게 그거잖아요. 이참에 아예 그룹 내 노조 관계자 가족들까지 전부 초대하는 거예요."

"그건 좀……."

강우신이 와이프가 너무 나선다고 생각해서인지 난색을 표했다.

그러나 이진은 아니었다.

"들어 보죠. 조언 부탁드려요."

"사실 오늘 행사에 자율 주행차 홍보가 포함되어 있잖아요."

"그렇죠."

"자율 주행차를 각 그룹 내 회사들에 보내는 거예요. 노조 관계자와 그 가족들도 모셔 오고 또 다른 분들도 모셔 오는 거죠. 가족 단위로!"

"아!"

"아마 홍보 효과가 엄청날 거예요. 어떠세요?"

사실 홍보 효과는 이만하면 됐다.

그러나 노조 관계자를 포함한 평사원들 가족까지 초청하는 것은 분명히 의미가 남다를 것 같았다.

중역들과 평사원들, 사측과 노조 측 가족이 한데 어울리면 분위기가 어떤지도 정확히 파악할 수 있는 효과도 거둘 수 있다.

이진은 곧바로 오케이 했다.

"굿 아이디어예요. 아예 한 2박 3일 여기서 함께 지내보죠."

"그럼 업무가……."

강우신은 여전히 반대였다.

업무야 어차피 전자 처리 방식인데 그걸 들고나온다.

이진이 결론을 내렸다.

"아이들 좋아하는 가수나 배우분들도 좀 초대하고, 또 공연도 하고 놀이도 하면 좋겠네요. 어때?"

"좋죠. 애들도 좋아할 거예요."

이진이 묻자 메리 앤은 동의했다.

곧바로 오민영을 불렀다.

"회장님!"

"여기 차 대표님이 행사를 더 확대해 진행하실 거예요. 적극 협조해 드리고, 비용은 얼마가 됐든 전부 내가 개인적으로 부담하는 걸로 할게요."

"알겠습니다."

"역시 회장님은 통이 크세요."

차진영이 강우신을 노려보며 이진에게 말했다.

강우신은 똥 씹은 표정이었다.

이진이 마무리를 했다.

"1 대 빵!"

"헐!"

자율 주행차가 다시 운행을 시작했다.

그리고 저녁 무렵에는 다시 한두 대씩 돌아오기 시작했다.

이만하면 자율 주행차의 성능에는 아무런 문제가 없었다.

일반 도로나 고속도로를 아무런 사고 없이 수백 대가 운행을 마치고 있었으니 말이다.

곧 각 회사별 노조 간부들과 평사원들의 가족들도 미팅에 합류했다.

미팅은 잔치로 변했다.

오민영이 긴급 섭외한 특급 호텔 네 곳의 출장 파티 팀이 도착해 저녁 식사 준비를 했다.

숙소는 주변 호텔은 물론 전자 기숙사까지 개방했다.

출입 보안도 전부 풀어 버렸다.

그래서 취재진도 안으로 우르르 몰려들어와 촬영을 시작했다.

일정한 형식도 없고, 또 누구나 대화를 나눌 수 있는 자리가 만들어진 것이다.

급조한 무대에서 가수들이 노래도 불렀다.

가장 신이 난 것은 역시 아이들이었다.

이진도 만족스러웠다.

그리고 감개무량했다.

박주운은 아버지의 직급이 자식의 직급이 되는 세상에 살았었다.

아버지는 국내 대기업 계열인 (주)성주라는 회사에서 근무했었다. 시멘트를 생산하는 회사였는데, 박주운의 아버지는 생산직으로 공장에서 근무했다.

공장에는 딸린 사택이 있었다. 간부 직원들과 생산직 사원들의 가족들이 모두 사택에 입주해서 살았다.

하지만 사택의 크기까지 같지는 않았다.

간부들은 방이 3개나 있는 집에 살았고, 생산직 사원들은 방 2개에 푸세식 화장실이 달린 열악한 환경에서 지냈다.

박주운의 경우는 가족이 많아서 더 힘들었다.

아침마다 화장실을 차지하기 위해 난리도 아니었다.

집만 차별이 있었던 것은 아니다.

학교에서도 그랬다.

도시락을 싸던 시절이었다.

그리고 그 도시락 반찬의 질 역시 간부들 자녀와는 완전히 달랐다.

하루에 도시락 일고여덟 개를 싸니 모두 맛있는 반찬을 싸 줄 수는 없었다.

그래서 늘 김치가 도시락 반찬이었다.

그게 부끄러워 도시락을 먹지 않은 적도 있었다.

옷부터 시작해서 의식주 모두가 회사 직급과 비례했다.

박주운은 그게 정말 죽도록 싫었었다.

어쩌면 그래서 이서경의 돌발 청혼을 생각도 안 해 보고 덥석 받아들였는지 모른다.

그러나 지금에 와서 생각해 볼 때, 그건 결코 행복을 가늠하는 잣대가 될 수 없는 것이었다.

저녁 식사가 끝이 나고 공연이 이어지면서 연구소는 왁자지껄했다.

"어마, 쟤들 좀 봐."

이진은 이런저런 생각을 하다가 메리 앤의 목소리에 퍼뜩 정신을 차렸다.

"왜?"

"령이요. 저 남자애랑 손잡고 다니잖아."

메리 앤의 말에 이진은 얼른 시선을 돌렸다.

딸 이령이 웬 사내아이의 손을 잡고 어디론가 향하고 있었다.

뒤로는 문소영이 조심스럽게 따라붙고 있었다.

둘은 곧 한쪽 귀퉁이 소파에 올라앉는다.

"너희 아빠는 어디서 일해?"

"테라!"

"우리 아빠는 테라 유통인데……. 울 아빠는 부장이야."

"그래? 우리 아빠는……."

대화를 나누던 이령의 목소리가 기어들어갔다.

뒤에 선 문소영이 난감한 표정으로 이진과 메리 앤을 힐끗거렸다.

이령이 더듬거리다가 곧바로 말을 바꿨다.

"우리 엄마는 테라 유니버스 직원이야."

"그래? 그럼 에티오피아도 가 봤겠다."

즐거운 인생 • 181

"응. 나도 가 봤어."

"너희 엄마 연봉 얼마야?"

꽥.

사내아이는 대략 6살 정도로 이령과 비슷해 보였다.

근데 아이의 말은 사실 좀 엽기적이다 싶었다.

연봉이 뭔지는 아는지?

그런데도 이령은 대답을 했다.

"아마 얼마 못 받을 거야. 테라 유니버스는 봉사하는 회사잖아."

"그건 그래. 우리 아빠도 유니세프에 기부금도 냈어."

"정말?"

"응. 연봉이 억도 넘어."

둘의 소꿉장난 대화가 이어진다.

그러다 이령에게서 묘한 말이 나왔다.

"에휴! 우리 아빠는 문제가 많아."

아빠가 문제가 많다니. 이진의 귀가 솔깃했다.

"왜?"

"아빠가 요즘 집에서 놀거든."

"그래?"

"엄마는 비트코인 하는 것 같아. 책상 위에 비트코인 내역이란 게 있더라고."

"정말? 너네 엄마 이제 망하겠다. 비트코인 하지 말고 테라 페이를 해야지. 우리 아빠는 전부 테라 페이로 몰빵했어."

저것들 6살 맞아?

나이가 의심스러울 정도였다.

"우리 엄마도 바꿔야 할 텐데······."

하는 이야기들이 거의 폭소를 자아내게 했다.

그때, 메리 앤이 화들짝 놀란다.

"어머나, 나 어떡해."

"뭘?"

"비트코인! 판다고 하면서 아직도 가지고 있어요."

"얼마나?"

"한 1,000만 개······."

"뭐?"

이진도 화들짝 놀라야 했다.

비트코인 이야기를 하긴 했는데 그걸 설마 1,000만 개나 사들였을 줄이야?

"지금 시세가 얼마인데?"

"한 2,000달러 선 정도요."

"헉!"

메리 앤의 말대로라면 비록 평가이긴 해도 엄청난 시세 차익을 거두고 있는 것.

그러나 개수가 문제였다.

메리 앤이 1,000만 개의 비트코인을 사들였으니 거래량은 한참 줄어들었을 것이다.

당연히 가격은 올랐을 네고 말이다.

만약 그걸 시장에 풀면 가격은 다시 폭락할 것이 분명했다.

"어쩌죠? 이제 팔아야 할까요? 지난번에 2만 달러도 갈지 모른다고 했잖아요."

"그건 그때 일이지. 지금은 상황이 좀 달라."

"어떻게요?"

이진은 궁리에 들어가야 했다.

돈 자체가 문제가 아니었다. 어떻게 처리하느냐가 문제.

잘하면 비트코인이 그동안 독식했던 암호 화폐 시장을 단숨에 제압해 버릴 수도 있었다.

그러려면 메리 앤이 가진 비트코인이 시장에 나가지 말아야 한다.

거래량이 반이 준 상태라면 천천히 고사시켜 테라 페이로 통합할 수도 있었다.

왜냐하면 비트코인은 테라 페이처럼 활용도가 높지 않기 때문이었다.

테라 페이로는 어디서든 지불이 가능하지만, 비트코인은 거래소를 통한 P2P 거래만 가능하다.

문제는 메리 앤이 그렇게 하느냐는 것이었다.

"그거 팔아서 뭐 하려고?"

"아프리카 구호에 좀 더 적극적으로 나설 생각이에요."
"아프리카 어디?"
"콩고를 중심으로 그 주변이요."
이진은 고개를 끄덕였다.
메리 앤의 사업이다. 이진이 개입할 일은 아니다.
그런데 콩고라고 하니 딱 떠오르는 건 하나였다.
바로 탄탈.
지금 탄탈의 세계 공급권은 사실상 SEE YOU가 쥐고 있다고 해도 과언이 아니었다.
피라미드 아래의 회사들을 통해 아프리카 군벌들을 지원하면서 탄탈을 싹쓸이하고 있는 것이다.
탄탈은 지금 테라 전자에도 가장 중요한 원자재였다.
지금은 우호적이니 별문제가 없지만, 만약 SEE YOU를 공격하게 되면 곧바로 문제가 발생한다.
자원이 가장 큰 문제였다.
그리고 또 기초 핵심 기술이다.
물론 테라가 지금은 압도적인 기술 특허를 보유하고 있지만, 기초 분야에서 일부 부품은 해외 의존도가 극심했다.
"그럼 그 비트코인, 나랑 거래할까?"
이진의 말에 메리 앤이 도끼눈을 떴다.
그때, 딸 이령이 놀던 아이와 헤어지며 달려왔다.

"왜 벌써 헤어졌어? 더 놀지."

메리 앤이 이령을 안아 들며 물었다.

"너무 많이 이야기하면 안 된대."

"어째서?"

"기훈이 아빠가 그러셨대. 여기 오면 높으신 분들이 많으니 말조심시키라고 했대."

"뭐?"

이진은 이령의 말에 안색이 굳어졌다.

제5장

라인

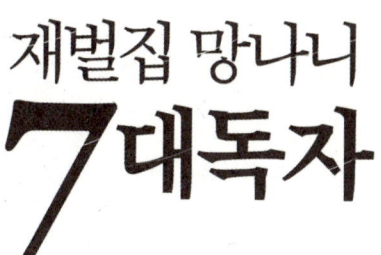

재벌집 망나니
7대독자

누가 그런 터무니없는 지시를 내렸는지.

이진은 심지어 테라에도 아직 근거 없는 상명하복을 주창하는 임직원들이 있다는 것이 불쾌했다.

성산이 그랬다.

이만식 회장과 면담을 하는 직원들은 늘 사전 지침을 받았다. 그리고 연습까지 해야 했다. 해야 할 말과 하지 말아야 할 말들을 미리 알려 주고 거의 반강제로 외우게 만들었다.

목구멍이 포도청인 직원들은 회사에게 미운털이 박히거나, 심하면 해고될까 두려워 시키는 대로 해야 했다.

그걸 이만식 회장이 몰랐을까?

아니다.

다 알면서도 마치 모르는 것처럼 그럴 줄 알았다는 표정을 지으며 고개를 끄덕이는 것이 이만식 회장의 일이었다.

"그랬어? 누군지 모르지만 정말 잘못했네. 우리 령이가 그래서 기분이 상했구나?"

"응!"

메리 앤이 달래며 말하자 딸은 확고하게 대답한다.

아마 그래서 아빠와 엄마에 대해 기훈이란 아이가 묻는데도 제대로 대답을 못하고 둘러댄 것이 분명했다.

딸 이령의 눈에는 바로 눈물이 맺혔다.

제 엄마에게 안기며 말한다.

"창피해."

아.

딸의 표현이 정확하다.

이진 역시 창피했다.

아이들은 순수하다. 그래서 돌려 말하지 않는다.

창피하면서도 딸이 제대로 된 사고방식을 가지고 크고 있다는 것이 한편으로는 기꺼웠다.

"괜찮아. 아빠가 하는 일이 그렇지, 뭐. 이 엄마는 절대 안 그래."

"정말?"

"그럼. 너 고모 알지?"

"당연히 알지."

박영주 이야기다.

"고모 봐라. 직급이 높은데도 시리아까지 가서 남들하고 똑같이 봉사활동도 했잖아."

"그래서 나쁜 군인들한테 잡혀서 아빠가 고생했잖아."

"헤헤! 그런가?"

모녀의 대화는 거의 친구들끼리 나누는 식이었다.

메리 앤이 그걸 모를 리가 없다. 그런데도 이령을 그렇게 대하는 것은 눈높이를 맞추려는 것이다.

맥락 없이 말하던 메리 앤이 이진에게 눈을 흘기며 말했다.

"좀 잘해 봐요. 좀!"

"내가 뭘?"

"그렇다고 또 누구 불러다 놓고 훈계하지 말고. 나이도 어린 사람이 그러면 다들 안 좋아해요."

"큼!"

이진은 입을 다물어야 했다.

맞는 말이다.

회장들 불러다가 누가 그랬냐고 따져 봐야 아무 소용도 없다. 그럼 이진도 같은 사람이 될 것.

어쨌든 이 모임을 즉흥적으로 만든 이유는 격의 없는 소통을 위해서였다. 적어도 형식적으로만 소통하는 정치인들처럼 되고 싶지는 않았다.

　밤이 깊어지며 이진의 고민도 깊이 갔다.

　둘 다 늦잠을 자지 않는 스타일이라 집에서처럼 일찍 깼다.

　그런데 옆자리가 허전했다.

　침실 문을 열고 나가자 오민영이 메이드 셋과 함께 이진을 맞았다.

　"메리 못 봤어요?"

　"좀 전에 나가셨습니다. 문 실장이 동행했습니다."

　"이 새벽에 어딜 갔을까?"

　"산책을 나가신다고……."

　보통의 경우 메리의 아침 일상도 이진과 크게 다르지 않다.

　아침에 일어나면 일단 잠자리를 스스로 정리한다.

　메이드들이 침실을 청소하며 정리할 것이었지만 이부자리를 정돈하는 건 늘 메리 앤이었다.

　이진 역시 마찬가지로 잠자리부터 정돈한다.

　그러고 나면 곧바로 명상을 한다.

　이진은 혼자 한다.

메리도 혼자 하는데, 좀 있으면 아이들이 하나둘씩 와서는 흉내를 내곤 했다.

여기서부터 서로의 일과가 갈린다.

메리는 아이들을 챙기느라 정신이 없어지고, 이진은 혼자 서재에 가서 차를 마시며 오늘 일정을 점검한다.

그런데 오늘 아침은 메리가 일찍 나간 모양이었다.

특별한 일이 아니면 아무리 저녁에 늦게 잠이 들어도 같은 시간에 같은 일을 하는데…….

"찾아볼까요?"

"아니요. 나도 혼자 운동 좀 나갈게요."

"예? 그건 좀 곤란합니다. 회장님! 마이크라도……."

맞다.

바로 나가면 마이크가 따라붙을 것이다.

그러면 밤새 고민해서 계획했던 일이 수포로 돌아간다.

"마이크한테 나 잔다고 해요."

"예?"

오민영이 되물었지만 이진은 곧바로 다른 문으로 나갔다.

아직은 동이 트기 전이라 캄캄했다.

그리고 공기가 서늘했다.

그럼에도 연구소 운동장에는 많은 사람들이 보였다.

운동을 하거나 산책을 하러 나온 사람들이었다.

연구소 직원들도 눈에 들어왔지만, 초대받아 온 직원들

로 보이는 사람들도 꽤 보인다.

가족이 함께 조깅을 하는 것도 보였다.

이진은 천천히 사람들을 살피며 벤치로 갔다.

그리고 아는 얼굴을 발견했다.

바로 어제 딸과 이야기를 나눴던 기훈이란 아이였다.

부부가 아이를 데리고 나와 산책을 하려는 모양이었다.

이진은 모자를 눌러쓰고 조심스럽게 다가가 말을 붙였다.

"안녕하세요. 좋은 아침입니다."

"예. 좋은 아침입니다. 혼자시네요?"

"예. 아직 가족들이 자서요."

기훈이 아빠는 전혀 이진을 알아보지 못했다.

하기야 직접 만나는 사람이래 봐야 각 개별 기업 회장들이 전부였다.

행사가 있어도 이진을 직접 대면하는 사람은 적다.

매스컴에는 자주 오르내리지만, 메리 앤의 말에 의하자면 실물과 화면발은 전혀 딴판이라는 게 중론.

게다가 일반 시민들이 보기에 이진은 다른 세상에 사는 사람이었다. 주변이 어둡고 모자를 써서인지 전혀 알아보지 못한다.

"함께 운동하면 좋을 텐데……."

"그러게요. 와이프가 게을러서……."

이진은 마음에도 없는 메리 앤의 흥을 봐야 했다.
"연구소 직원이세요?"
"아니요."
"그럼 초대받아 오신 모양이네요. 전 어제 갑자기 연락받고 깜짝 놀랐어요."
"왜요?"
이진이 되물을 때, 기훈이의 엄마로 보이는 여자가 살짝 고개를 숙여 인사를 하더니 말했다.
"난 기훈이랑 산책 좀 할게."
"아, 그래."
기훈이 아빠는 선선히 응했다.
아마도 이곳에 와서 인맥을 좀 넓혀 보려는 의도로 보였다.
기훈이 엄마가 기훈이와 함께 산책로로 나서고 나자 기훈이 아빠가 물었다.
"어디세요?"
"아, 전 유니버스요."
"핵심이시네. 거긴 어때요?"
"뭐가요?"
"아시면서……. 난 유통이거든요. 우리는 프린스턴 라인이 꽉 잡고 있어요."
이건 무슨 말인가 싶었다. 궁금하지 않을 수 없었다.

라인 • 195

"프린스턴 라인이라면……."

"모르는 척하시긴……. 전자는 옥스퍼드 라인, 자동차는 칼테크하고 카이스트 라인, 그리고 금융은 하버드 라인. 그러고 보니 유니버스만 잡탕이긴 하네요."

"예?"

"다들 알고 있는데……. 지난 인사 때 그렇게 재편됐잖아요."

"그래요? 그럼……."

"편하게 기훈이 아빠라고 불러요. 신재철이에요. 테라 유통 본사 기획2팀 과장이에요."

"아! 그러셨군요."

이진은 당황한 나머지 자기소개조차 하지 못했다.

하기야 소개하면 좀 이상해질 것 같았다.

대신 이전 화제를 계속 끌고 가야 했다.

"저도 듣긴 했는데……. 그 라인이란 게 실제로 존재한다는 말이에요?"

"예. 하기야 유니버스는 라인이라고 보기도 어렵겠네요. 꼭짓점이니까요."

"좀 더 자세히……."

이진은 넌지시 더 물었다.

"걸으면서 이야기할까요? 운동해야 해서……."

"그러죠."

이진은 기훈이 아빠 신재철과 함께 걸었다.

과장 직급과 처음 나눠 보는 대화였다.

그러고 보니 자신도 다른 경영자들과 크게 다를 바는 없다는 생각이 들었다.

"그뿐만이 아니죠. 식품은 개편이 되는가 싶더니 송미나 기획실장이 꽉 잡았다고 하더라고요. 명예 회장 라인이잖아요."

"아, 저도 들어 봤어요. 송인규 회장님 따님이죠."

"예. 방송은 차 라인. 그러고 보니 거긴 학교 라인들은 아니네요."

"그래요? 그럼 신 과장님도······."

이진은 신재철도 프린스턴 출신인가 싶어 물었다.

그러나 아니었다.

"그러니까 이상하다는 거죠. 이민철 부사장이 총괄 전무이사로 승진했잖아요."

"아, 들어 본 적이 있습니다."

정말 들어 본 정도였다.

바로 프린스턴에서 메리 앤을 알고 지냈다던 유통 부사장.

정작 메리 앤은 몰랐지만 말이다.

승진한 모양이다.

박영주에게 들이대다가 에티오피아로 떠나자 헛물만 켜고 만 줄 알았는데······.

"이민철 총괄 이사님 라인이 초대받을 줄 알았는데 제가 뽑혔으니까요. 사실 제 위로 부장 라인은 전부 프린스턴 출신들이라……."

"프린스턴 아니시구나?"

"예. 전 연대요. 아마 국내 기업 중 SKY가 맥을 못 추는 회사는 우리밖에 없을 거예요."

약간은 자조 섞인 대답이었다.

어쨌든 결론은 인사가 경영자의 라인을 따라 이루어지고 있다는 것이었다. 더구나 실무자급까지 말이다.

잘못되어도 한참 잘못된 일이었다.

그리고 그 잘못된 인사 행태로부터 이진도 자유로울 수 없었다.

사실상 이진이 모든 최고 경영자를 선임한 것이나 마찬가지이고, 그들이 인사고과를 담당하고 있었으니 말이다.

짚고 넘어갈 문제였다.

그러나 그걸 신재철에게 물을 수는 없었다.

"회사 생활은 어떠세요?"

"일할 맛 나죠. 유니버스는 안 그래요?"

"아, 저도 일할 맛납니다."

"제 대학 동기들이 다들 부러워해요. 다른 그룹에서 이사까지 초고속 승진한 녀석이 있는데 오히려 과장인 날 부러워하는걸요?"

"왜요?"

"그 친구보다 제가 연봉이 높거든요. 하하하!"

"아, 유통 쪽 현장 직원들 연봉은 어때요?"

"다들 만족하죠. 테라로 넘어간 후 연봉이 10배 가까이 올랐어요. 심지어 비정규직 아줌마들 시급이 18,000원이에요."

"그래요?"

"캐셔 몇 명 뽑는 데 경쟁률이 200 대 1도 넘어요."

"아!"

"뭐가 '아!'예요? 유니버스 연봉은 어때요?"

신재철이 이진에게 물었다.

"저도 만족하죠."

"근데 낯이 익어요. 언제 만났었나?"

"그럴 수도요. 유니버스가 유통과 업무가 많잖아요."

대화는 편안하게 이루어졌다.

그러나 이진의 속마음은 불편하기만 했다.

지금 들은 말이 사실이라면 회사 내에 파벌이 형성되고 있다는 것.

게다가 테라 계열사 전체에 그렇다는 말이나 다름없었다.

라인이라니?

심지어 물러났던 한영의 송미나까지도 내부를 장악하려 나선 것이 분명했다.

안나가 아이들 돌보느라 한영의 경영을 제대로 챙기지 못하고 있는 것이 분명했다.

전자도 예외가 아니다.

강우신의 옥스퍼드 라인이 득세하고 있고, 방송은 차진영이 움켜잡아 차 라인이란 신조어까지 등장한 모양.

"근데 제가 여기 오게 됐네요. 절대 올 수 없는 자리인데……."

이진은 그 이유를 알고 있었다.

연구소 행사 초청자를 메리 앤이 무작위로 전자 선별했기 때문이다.

그래서 누구도 개입할 수 없었던 것이다.

'이민철 이 자식, 뭐 하는 놈이야?'

이진은 가장 먼저 유통의 이민철 총괄 이사가 마음에 들지 않았다.

"그래도 정말 신바람 나요. 다만 인사 문제만 투명하면 정말 톱일 텐데……."

"인사에 부정이 많아요?"

"심지어 캐셔 뽑는데도 라인 탄다니까요. 유니버스는 어때요?"

"봉사하는 일은 사람 가려서 뽑지 않잖아요."

"그렇겠다. 한데 나랑 나이가 비슷해 보여요. 아이 있어요?"

"예. 셋이요."

"많이도 낳으셨네. 하하하! 사이가 좋으신가 봐요."
"신 과장님도 사이 좋아 보이시던데요?"
"우린 그냥 하나만 낳기로 했어요."
사이가 좋아서가 아니라……
사이가 나쁘지는 않지만, 한 번에 셋이라고 말할 수는 없었다.
그때, 멀리서 기훈이 엄마가 다시 다가오는 것이 보였다.
"당신, 얼른 가 봐요. 이사님이 다 부르셨대요."
"그래?"
이진이 얼른 물었다.
"이민철 이사님도 계신가 봐요?"
"예. 그럼 또 봐요."
인사를 하더니 가족과 사라지는 신재철.
나누는 대화 소리가 들려온다.
"괜히 딴소리해서 이사님 눈 밖에 나지 말고 잘해."
"내가 언제 그랬다고?"
"긴장 풀면 속마음이 나오는 법이야. 매일 어린놈이 유니버스 사모님 빽 믿고 나댄다고 욕했잖아."
"사실이지. 내가 아닌 말 했어?"
"그럼 당당하게 말하고 때려치우든가?"
"때려치우다니? 절대 못 그러지."
"그러니까 입조심하라고……"

막 동이 틀 무렵이어서인지 작게 나누는 대화가 귀에 쏙쏙 들어온다.

자신들끼리 나누는 말이니 거짓이 없을 것이다.

이민철 유통 총괄 이사가 메리 앤이 백그라운드인 것처럼 행세한다는 말이나 다름없었다.

이진은 기훈이란 아이에게 부끄러웠다.

그리고 아이들에게도 부끄러웠다.

멀리서 발소리와 함께 마이크의 답답한 음성이 들려왔다.

"갓 뎀 잇!"

"죄송해요. 혼자 나가신다고 해서……."

"그러신다고 그냥 가시게 하면 안 되죠. 사후에라도 알리시든가."

"죄송하다니까요?"

마이크의 타박에 오민영의 잔뜩 풀 죽은 목소리도 들려왔다.

"괜찮아요. 메리는 왔어요?"

"회장님! 이러시면 곤란합니다. 절대 혼자 다니시는 건……."

이진이 다가서자 마이크가 쓴소리를 내뱉는다.

"잠깐인데요, 뭘!"

"그 잠깐이 문제인 겁니다."
"조심할게요."
마이크의 얼굴은 성만 바꾸면 타이슨이 될 것 같았다.
이진은 서둘러 사과를 했다.
안으로 들어가자 메리가 와 있다.
"어디 갔었어?"
"산책!"
"산책 다녀왔는데 왜 기분이 안 좋아 보여?"
"그게… 영주 아가씨도 왔는데……."
"그래?"
"분명 영주 아가씨는 초대 명단에 없었거든요."
"아!"
이진은 눈치를 챘다.
박영주는 이사 직함을 달고 있으니 그냥 이 자리에 올 수도 있다.
그러나 오지 않았다.
아마 시리아 일로 많은 생각이 있었을 것이다.
요즘은 외부 활동도 거의 없는 상태라고 들었다.
언제 한번 초대해 저녁이라도 먹으며 살펴보려던 참이었다.
그런데 강제로 소환된 것이다.
그 말은 테라 유니버스에도 라인이 있다는 이야기나 마

찬가지였다.

이진은 자리에 앉았다.

메이드가 용정차를 내왔다.

이진이 물었다.

"영주가 뭐래?"

"영주 아가씨 말고 다른 직원들 이야기를 들었어요. 사실 유니버스는 직함에 따라 권한이 커지거나 하는 게 아니잖아요."

"그렇지. 일도 크게 달라지는 것도 아니고……."

테라 유니버스는 일반 영리 기업이 아니다.

기본적인 업무 조직이 있긴 해도, 사실상 테라 관련 모든 기업들로부터 지원을 받는 것으로 거의 모든 일이 이루어진다.

다만 회계 파트만 비밀리에 따로 관리되고 있었다.

그 조직은 문제가 될 것이 없다. 대부분 테라 가문 사람들로 이루어졌고, 외형적으로 메리 앤이 직접 지휘한다.

또 전 과장이 감시를 맡고 있다.

극단적으로 감시라고 표현하기는 뭐하지만, 어쨌든 매일 보고를 받고 감독한다.

외부에 알려진 것도 없다.

하지만 나머지 사람들은 봉사를 하기 위해 유니버스에 지원한 사람들이 대부분이다.

그러니 직함이 중요하지 않다.

물론 메리 앤이 연봉을 충분히 준다.

이 역시 정해진 연봉 체계가 아닌 일종의 수당식이다.

"근데 뭐 하러 다른 회사들 배우자나 가족들이 유니버스에 자원해서 일하고 있는 걸까요?"

"그게 무슨 소리야?"

이진은 화들짝 놀랐다.

"영주 아가씨는 대수롭지 않게 이야기하긴 하는데, 어제 온 다른 사람들은 거의 대부분 배우자나 가족이 5대 기업과 관련이 있는 사람들이었어요."

"그럼 누군가 의도적으로 유니버스에 집어넣어 둔 사람들이란 소리야?"

"그렇죠. 그렇게 생각하고 싶지는 않지만."

메리 앤이 고개를 끄덕인다.

불편한 얼굴이다.

남편에게 고민할 일을 안겨 주는 것도 불편했을 테고, 알지도 못하는 사이에 유니버스 조직이 5대 기업 임원들과 연관된 사람들로 채워진 것도 불쾌한 것이 분명했다.

아마 메리 앤은 이진처럼 자신이 테라 유니버스 회장이란 걸 숨기지 못했을 것이다.

워낙에 키가 큰 편이라 농구 선수나 배구 선수들 틈에 끼지 않으면 도드라지니 말이다.

이진도 자신이 만난 기훈이 아빠 이야기를 털어놓았다.
"세상에……. 그 이민철 이사란 사람이 나와 같은 프린스턴 출신이라며 떠벌리고 다닌단 말이잖아요?"
"확실하지는 않아."
"그런 말이 들리기만 해도 확실한 거죠."
"아무튼 그래서 사람들이 이민철 총괄 이사에게 꼼짝도 못하는 모양이야."
"내가 영주 아가씨에게 들은 말이 전부 사실이네."
"당신은 또 뭘 들었는데?"
"HTBS, 그리고 한영이요."
"아!"
아마 강우신의 와이프 차진영과 한영의 송미나에 대해 들은 것이 확실했다.
"무슨 이야기?"
"유니버스에 업무상 가끔 전화할 때가 있는데, 지나치게 고압적인 모양이더라고요."
"고압적이라니?"
"절차를 거쳐야 하는 일들도 막무가내로 지시한대요."
"누가 그래?"
"영주 아가씨가 유니버스 직원들이랑 친밀하잖아요. 더구나 생사를 같이한 직원들도 있고 하니……."
아. 이진도 짚이는 것이 있었다.

시리아에서 생사를 함께한 직원들도 있고, 또 전 로테 마트인 테라 마트에서 캐셔로 일도 했었다.

그러니 서로에게 솔직한 사람들이 있을 것이 분명했다.

"인사나 채용에 불만들이 많은가 봐요. 마트 직원 뽑는 데도 뇌물이 오간다는 소리가 있대요."

"정말?"

이진은 당황할 정도였다.

라인 타야 들어갈 수 있다는 말은 들었지만, 돈으로 취업 청탁까지?

"실무자부터 라인 위에 다 바쳐야 한다는 소문이 파다하 대요. 다른 곳도 마찬가지예요. 자동차 노조도 신규 사원 모집하는 데 추천 권한이 있잖아요."

"그렇지."

대충은 알고 있는 이야기다.

노사 간의 대립을 조금은 완화하기 위해 그런 제도를 도입한 회사들이 많다.

"거기도 돈을 내야 한다는 소문이 파다하더라고요."

"얼마나?"

"1억 이상이래요."

"그렇게나 많이?"

"일단 수습 지나고 1년만 일하면 연봉이 1억에 도달하잖 아요. 그러고 나면 다른 회사에서 일하는 것보다 훨씬 많이 벌 수 있으니……."

"……."

할 말이 없었다.

안으로부터 썩어 가고 있는 것이다. 그것도 이렇게 단시간에 말이다.

대체 그런 부패의 고리들이 어떻게 짧은 시간에 정착할 수 있었던 것일까?

의문이 아닐 수 없었다.

"어떻게 하죠? 아이들한테 엄마하고 아빠는 늘……."

"……."

"I'm so sorry for my baby!"

결국 메리 앤의 눈에서 눈물이 흐르며 영어까지 나오고 말았다.

웬만해서는 영어를 사용하지 않는 메리 앤.

표현할 말이 없을 정도로 충격을 받았다는 반증이었다.

그리고 곧바로 화살은 이진에게 튀었다.

"자기가 그렇게 한 건 아니죠?"

"아, 아니야!"

이진은 양손을 휘저어야 했다.

"그럼 어떻게 할 건데요?"

"글쎄! 당장 떠오르지가 않네. 원인을 찾은 후 도려내야지."

순간 프랑스 사상가 알렉시스 토크빌의 말이 떠올랐다.

'부패한 정부에 가장 위험한 순간은 일반적으로 그 정부가 스스로 개혁을 시작하였을 때이다.'

정부는 아니지만 기업이라고 해서 다를 것은 없었다.
확장일로를 걸어온 테라에 위기가 닥친 것이 분명했다.
이걸 개혁하겠다면서 섣불리 나섰다가는 위험한 사태를 맞을 수 있었다.
자동차의 한진규 노사위원장의 부정부패는 아무것도 아니었다.
천천히 곰팡이가 번져 가고 있는 것이다.
"주총 소집할 거예요?"
"아니. 그건 좀 위험해."
"그럼 어떡해요?"
"조사를 먼저 해야지. 서둘러서 연말까지 조사를 마치고 조치를 하자."
메리 앤은 서두르고 있었다.
그녀 역시 이런 방대한 조직을 직접 관리해 본 것은 처음이다.
이전의 메리 앤은 이진만 관리하면 됐다.
그리고 이진은 나머지를 관리했었다.

모든 결정을 직접 내렸었다.

규모가 작아 가능한 일이었다.

이제는 그것이 되지 않는다.

어쩌면 '인사가 만사'란 말도 그래서 나왔을지도 모른다.

이야기를 나누는 사이 아이들이 일어나 달려왔다.

"엄마! 오늘은 뭐 하고 놀아?"

"아빠는 안 보이고?"

이진은 엄마부터 찾는 아이들에게 눈을 흘기며 일어나 안아 들었다.

〈테라의 자율 자동차 운행 성공.〉

〈민노총, 운수노조와 함께 테라에 대책 요구.〉

〈전 세계 운수 노조, 테라의 자율 주행차 상용화에 충격.〉

〈향후 1억 개 이상의 일자리 사라질 위기.〉

〈G7 산업 관련 장관들 비엔나에서 회동.〉

〈테라 자동차 정우영 회장, 자율 주행차는 거부할 수 없는 역사의 흐름.〉

〈테라 이진 회장, 장기 칩거 깨고 활동 시작.〉

2박 3일의 일정은 아무 일 없이 흘러갔다.

이진과 메리 앤은 알게 된 일에 대해 일언반구도 하지 않았다. 그리고 연구소에 들어온 직원 중 주로 평사원들과 시간을 보냈다.

임원급은 철저히 소외되었다.

다른 것을 한 것은 아니다. 그저 함께 밥을 먹고 함께 어울려 운동회도 하고 티타임도 가졌다.

결과는 역시 예상대로였다.

마치 모범 답안을 미리 마련해 외우고 시험장에 들어온 사람들 같았다.

그것만이 문제가 아니었다.

자율 주행차 수백 대가 일반 도로에서까지 운행을 성공하자 그 파장은 전 세계로 퍼져 나갔다.

한진규 자동차 노조위원장이 이것을 염두에 두고 이진에게 딜을 한 것임이 분명했다.

테라에 대한 대책 요구가 빗발쳤다.

시리아의 영웅으로 불리던 이진에 대한 찬사는 급전직하했다.

그러나 이진은 그 문제에 집중하지 않았다.

물론 중요한 문제이긴 하다.

하지만 과학의 발전에 따른 결과는 어떻게든 길을 찾아갈 것이다.

그리고 테라에 드리운 부패 역시 마찬가지였다.

그냥 두면 길을 찾아갈 것.
그걸 도려내는 것이 먼저 할 일이었다.

"전하! 오랜만에 뵙습니다."
"이 늙은이들을 또 불러 주시고……. 뵈오니 승하하신……."
할아버지의 임종 이후 처음 만나는 오시영과 전칠삼은 눈물부터 쏟아 냈다.
"오랜만에 모셨어요. 죄송합니다. 앉으세요."
이진은 자리를 권했다.
그러자 오시영과 전칠삼이 서 있는 중년남자를 빤히 바라본다.
"와타나베 다카기는 다들 아시죠?"
"압니다. 왜놈이지요."
전칠삼의 직설에 와타나베 다카기가 고개를 떨군다.
이진도 와타나베 다카기에 대한 두 노인의 감정을 잘 알고 있었다.
와타나베 다카기의 선조가 테라에 처음 들어올 때부터 심한 반대에 봉착했었다고 한다.
이유는 그냥 왜놈이라서였다.
그 감정이 대를 이어 여전히 존속하고 있는 것이었다.
"와타나베도 앉아요."
"예, 회장님!"

오시영은 불만스러운 표정이었고, 전칠삼은 아예 상종도 하지 않겠다는 표정으로 고개까지 돌려 버렸다.

이진은 웃어야 했다.

"오늘 두 분을 모신 것은 중요한 일에 도움을 청하기 위해서예요."

"예. 하문하시지요."

이진이 중요한 일이라고 말하자 그제야 전칠삼도 고개를 돌린다.

"회사가 썩어 가고 있어요."

"예? 어인 말씀이신지……."

이진의 말이 의외였던 모양이다.

두 노인은 깜짝 놀란다.

이진이 상황을 설명하자, 두 노인의 안색이 굳어져 갔다.

"어떠세요?"

"놈들이 당파를 만든 것이로군요. 감히!"

전노인은 더 들을 것도 없다는 표정으로 언성을 높였다.

"혹시 진두지휘하는 헤드가 있을지도 모르겠어요. 한데 그건 지금 당장 중요하지가 않아요."

"중요하지 않다는 말씀은……."

만약 헤드가 있다면 그건 SEE YOU이거나 이만식을 포함한 전 5대 그룹 총수 일가일 것이다.

어쩌면 중국 정부를 뒤에 둔 화웨이일 수도 있고 말이다.

현재 그 이외에는 없다.

그러나 그게 누구인가를 확인하는 것은 중요하지 않았다.

헤드를 없앤다고 해서 이미 자생한 곰팡이가 제거되지는 않는다.

그러는 동안 계속 썩어 들어갈 것.

치료가 우선이었다.

"먼저 곰팡이를 제거해야죠. 근데 어디까지 곰팡이가 퍼졌는지 알 수가 없네요."

"그 말씀은……."

"예. 우리 가문의 일원이 아닌 경우에는 누가 곰팡이 균을 심었는지 모두 의심해 봐야 합니다."

"하오나 이자의 예를 들어 보자면……."

전칠삼의 말에 오시영이 그를 노려봤다.

아직도 오 집사장이 벌인 일에 대해 들먹이는 전칠삼이다.

이진이 황급히 나섰다.

"그건 제 몸이었습니다. 제 몸에 병이 난 것은 제가 책임져야지요."

"망극하옵니다."

오시영이 눈총을 거두고 황급히 고개를 숙였다.

"흠! 그리 하문하시니 제가 어찌 더 이자의 자식 일을 거론하겠습니까만……. 자고로 토양이 좋지 않은 곳에서 잡초가 자라는 법입니다."

"이보게, 전가?"

"왜! 내가 틀린 말이라도 했는가?"

"후우! 이만하면 그만 좀 하게. 곧 관에 들어가게 생긴 마당에……."

"관이 문제인가? 내 죽어 원혼이 되어서 그자를 만나면 결코 용서치 않을 것이네."

"큼! 그럼 그렇게 하게. 아무튼 당장은 전하께서 하시는 말씀에 귀를 좀 기울이세."

"그러지."

이번에는 그나마 오시영의 융통성 있는 발언으로 넘어갔다.

"두 분이 총책임을 맡아 조사를 해 주세요. 자료는 와타나베가 제공하도록 하고요."

"하필 왜놈을 어찌……. 저에게는 아직 쓸 만한 아이들이 꽤나 있습니다."

저에게는 아직 13척의 배가 남아 있다는 말로 들릴 지경이었다.

이진은 마무리를 했다.

"두 분 어르신께 정말 죄송합니다."

"허! 어찌! 망극하옵니다."

"두 분 외에는 믿을 사람이 없어요. 전 지켜볼 테니 조사는 와타나베에게 시켜 상황 파악을 하신 후 대책을 만들어 주세요."

이진이 결론을 내렸다.

두 쌍의 노안에 총기가 돈다.

다행이었다.

가장 객관적으로 멀리 떨어져서 바라보고 해결책을 만들 수 있는 적임자였다.

"그럼 세 분이 이야기 나누시고, 점심은 구내식당에서 저와 함께하시죠."

점심을 함께 먹자는 말이 나오고서야 두 노인은 활짝 웃었다.

이진은 문득 할아버지 이유가 그리워졌다.

그늘은 없고 나서야 알게 된다는 것을 새삼 깨달아야 했다.

할아버지 이유는 뜨거운 햇살 아래 그늘막 같은 존재였다.

그래서 어쩌면 테라라는 거대한 자본을 양손에 들고도 떨지 않을 수 있었는지도 모른다.

"회장님!"

"아, 예."

이진은 상념에 잠겨 오민영이 들어오는 줄도 몰랐다.

"베이징에서 전화가 왔습니다. 시진핀 주석입니다."

"아… 통화하죠."

딱히 급한 일정이 없었기에 이진은 시진핀과 통화를 하기로 했다.

화웨이 이야기일 것이란 생각이 들었다.

화웨이는 불과 1년여 만에 몰락의 길을 걷고 있었다.

중국 정치권도 이제 새로운 길을 찾아야 할 때쯤 되었을 것이다.

테라는 화웨이에 그만큼 냉정했다.

그러나 완전히 기업을 공개하고 항복할 것이라는 생각은 오판이었다.

13억 인구의 내수 시장을 발판으로 아직도 생존하고 있는 것이다.

하지만 결과는 불 보듯 뻔했다.

갓 개발에 성공한 4G는 테라의 6G 기술의 발끝에도 미치지 못했으니까.

"오랜만입니다, 주석님!"

(하하하! 이 회장! 정말 통화하기 힘들군요.)

"주석님이 바쁘셔서 그런 게 아닐까요?"

(우리 사이에 말 돌리지 말고 편하게 가십시다.)

"하하하! 그리 말씀하시니……. 화웨이 때문입니까?"

(아닙니다.)

화웨이 때문이 아니라고?

이진은 시 주석의 말에 귀를 기울여야 했다.

(내 꼭 소개해 주고 싶은 사람이 있는데, 언제 시간이 되십니까?)

"소개해 줄 분이요?"

(예. 아마 이 회장도 만족하실 겁니다.)

만족한다?

어떻게 그렇게 단언할 수 있을까?

하지만 중국 국가 주석이 테라 회장에게 휜소리를 할 리는 없었다.

이진이 곁에 서 있는 오민영에게 눈짓을 했다.

"다음 주 월요일에 시간이 비십니다."

이진은 그 말을 그대로 시진핀에게 전했다.

(장소는 베이징이 어떠십니까? 신세도 많이 졌는데 보답할 기회가 있어야지요.)

"좋습니다. 그렇지만 오래 머물 수는 없을 것 같습니다."

(하하하! 우린 다 바쁜 사람 아닙니까?)

"그럼 그때 뵙겠습니다."

통화가 끝났다.

어쩌면 주석 취임 전 정적들에 대한 정보를 제공한 것에 대한 인사를 하려는 것일 수도 있었다.

"내려가실 시간이십니다."

"아! 오 비서도 같이 갈래요?"

"회장님… 전……."

"아, 미안해요. 데이트예요?"

"…아, 아닙니다. 회장님 점심 일정이 없으시기에 친구를 잠시……. 죄송합니다."

"아니에요. 내가 그동안 오 비서님에게 너무했죠? 편하게 다녀와요. 바로 퇴근해요."

"아, 아닙니다."

"괜찮아요. 그동안 너무 고생했어요. 그리고 이거……."

이진은 깜박할 뻔했던 봉투 하나를 내밀었다.

"이게 뭔가요?"

"나도 몰라요. 메리가 전해 주라고……."

"아, 예."

이진은 자리에서 일어나 구내식당으로 향했다.

시간을 보니 10분 정도 늦은 상태였다.

마이크가 이끄는 경호원들도 식사를 하게 한 이진은 서둘러 구내식당으로 향했다.

구내식당은 만원이었다.

이진은 다른 직원들처럼 줄을 섰다.

그때, 구내식당을 담당하는 직원이 다가왔다.

이진은 모르는 인물이었다.

"회장님! 이쪽으로 오시면……."

회장님이란 소리에 주변은 곧바로 정적에 휩싸였다.

"아니에요. 여긴 누구나 줄을 서는 게 관례로 알고 있는데요?"

구내식당에 너무 오랜만이어서일까?

직원은 이상한 소리를 했다.

그리고 구내식당의 메뉴도 많이 바뀌어 있었다.

게다가 셰프도 대부분 처음 보는 사람들이다.

아니, 셰프가 아니라 그냥 일반 영양사로 보였다.

이진이 보기에 처음 메리 앤이 설계한 것과는 달라도 많이 달랐다.

"근데 누구시죠?"

"예. 관리팀 오지원입니다."

"관리팀이요? 관리팀이 왜……."

이진은 상세히 물으려다 직원들의 눈총이 쏟아지자 멈춰야 했다.

일단 음식을 접시에 담은 이진.

뷔페 메뉴도 다 바뀌었고, 겉으로 보기에도 부실해 보인다.

직원들이 상실감을 느꼈을 것이 분명했다.

어쨌든 음식을 조금 담은 이진은 두 노인을 찾기 위해 두리번거려야 했다.

가장 구석진 자리에 두 노인이 와타나베 다카기와 앉아 있었다.

이진이 다가가 자리에 앉자, 전칠삼이 가감 없이 지적을 했다.

"어식이 이래서야……. 제가 다른 곳으로 모시겠습니다."

"아니에요. 오늘은 여기서 그냥 먹죠."

이진은 전칠삼에게 그렇게 말하고는 와타나베 다카기에게 물었다.

"언제 여기서 식사해 보셨어요?"

"예?"

"마지막으로 언제 구내식당에서 식사를 하셨는지 묻는 거예요."

"아, 예. 한 두어 달쯤 되었습니다."

"언제 이렇게 바뀌었어요?"

"정확하게는 모르지만, 아마 식당이 관리팀 소속으로 바뀌었을 겁니다."

"왜요?"

식당은 독립 운영 체제였다.

메리 앤이 제공되는 음식의 질을 고려해서 그렇게 만든

것이다.

한데 아무 언질도 없이 여느 회사 식당처럼 바뀌어 있다.

"제가 알기로는 다른 그룹사들의 구내식당에 비해 지나치게 호화롭다고 해서……."

"한심한 것들!"

와타나베 다카기의 말에 전칠삼이 소리를 버럭 질렀다.

"제가 한 것이 아닌데……."

"감히 저희들이 전하와 같은 수라상을 받으려고 들어?"

"잠깐만요."

이진은 흥분한 전칠삼을 제지했다.

다른 그룹사라니? 이건 또 무슨 말일까?

테라 지주가 왜 그룹사로 불리는 것일까?

아무리 대주주라고는 하지만 엄연히 다른 회사다.

아직 연결재무제표를 만들 의무조차 없으니 말이다.

"송구합니다, 회장님! 제가 알기로는 관리팀장이 한 일입니다. 사실 비서실을 제외한 나머지 부서들은 관리팀장의 눈치를 봐야 할 정도라고 들었습니다. 물론 그냥 들은 겁니다."

한심한 일이었다.

다른 그룹사야 그렇다고 쳐도 여긴 이진 자신이 근무하는 곳이었다. 그런데 이곳에까지 라인이 만들어지고 있다는 소리로 들렸다.

외부의 일이 너무 바빠서 안을 신경 쓸 여력이 부족했던 탓이다.

또 예전에는 메리 앤이 하나하나 챙겼다. 그리고 죽은 오 집사장도 챙겼고 말이다.

그런데 지금은 그럴 만한 사람이 내부에 없는 것이다.

어쩌면 오민영은 알고 있었는지도 모른다.

하지만 오민영은 메리 앤이 아니니 팀장의 직책에 있는 사람에게 대놓고 말하지는 못했을 것.

'그러고 보니 여긴 오민영 외에는 내가 믿을 만한 사람은 없었네.'

그랬다.

다른 이사들은 소속이 달라 볼일이 있어야 왔다가는 정도.

이진은 관리팀장의 이름도 몰랐다.

어쨌든 개선해야 할 일이었다.

"좀 부실하지만 오늘은 그냥 드시죠."

"송구합니다, 전하!"

"흠! 아무튼 제가 다음에 맛있는 거 사 드릴게요."

"하하하! 그 말씀을 들으니 기운이 펄펄 납니다."

전칠삼과 오시영은 환하게 웃으며 젓가락을 들었다.

두 노인이 간 후, 이진은 집무실로 들어와 곧바로 부속실 정도영을 불렀다.

아는 이름을 찾아보니 정도영이 그래도 최적이란 생각이 들었다.

"부르셨습니까, 회장님!"

"오랜만이죠."

"옙!"

정도영은 회장 앞임에도 그다지 긴장하지 않고 편하게 대답했다.

이진은 그게 마음에 들었다.

"회사 일은 어때요?"

"얼굴 보시면 아실 겁니다. 대만족하면서 다니고 있습니다."

정도영은 여전히 넉살이 좋았다.

태양산업에서 나와 테라 부속실에 일하게 된 지 벌써 꽤나 시간이 지났다.

부속실 인선 당시 인상이 남달랐던 정도영.

"그때 함께 입사했던 분들은 다들 아직 다니시죠?"

"아!"

"내가 묻기도 민망하네요. 경영자란 사람이 직원들이 회사에 다니는지 안 다니는지도 모르니……."

이진은 정말 민망했다.

공백이란 것을 염두에 두지 못한 탓이다.

그 공백은 메리 앤의 것이었고 말이다.

모두 메리 앤이 직접 면접을 통해 뽑은 사람들이다.

"아닙니다. 한 분만 개인 사정으로 퇴사를 했습니다. 나머지 직원들은 다들 잘 다닙니다."

"해고나 정직당한 직원은 없고요?"

"회장님도 참! 아무리 관리팀이 대세라지만 저희는 회장님 직속 부속실 아닙니까?"

"예?"

이진이 되묻자 정도영이 고개를 숙이며 자신의 머리에 꿀밤을 먹인다.

이진과 비슷한 나이임에도 아직 소년처럼 천진함을 지녔다.

"괜찮아요. 직속상사로서 묻는 거예요. 편하게 이야기해도 돼요."

"……"

이진은 웃으며 권했다.

그러나 정도영은 쉽게 입을 열지 못했다.

이진은 참을성 있게 기다렸다.

결국 정도영이 운을 뗐다.

"하기야 제가 회장님께 못 드릴 말씀은 없지요. 하지만 정말 전 회사를 그만두고 싶지는 않습니다."

"하하하! 왜요?"
"연봉이 최고잖아요. 하지만 이 말씀은 드려야겠습니다."
"뭔지 기탄없이 말해 봐요."
"관리팀장의 전횡이 심각하다는 소문이 자자합니다."
이진은 입술을 깨물었다.
"한데 오 비서는 왜 나한테 얘기가 없었을까요?"
"오 실장님은 너무 바쁘시니까요. 그리고 관리팀장님 파워가 워낙 막강해서……."
파워가 막강하다고?
자기 맡은 일을 하면 되는 것이 회사 일인데 왜 파워가 필요할까?
하지만 소속도 다른데 정도영이 괜히 관리팀장을 헐뜯을 이유는 없었다.
"소문도 좋고, 사실도 좋으니 이야기 좀 해 봐요."
"가장 먼저 식당입니다. 갑자기 바뀌어서 직원들이 당황했습니다."
"그 이야기는 들었어요."
"직원들은 이유를 듣고 수긍했습니다. 왜냐하면 테라 지주가 솔선수범해야 한다고 여겼거든요."
"아……."
"마땅히 그래야 한다고 저도 생각했습니다."
이진은 괜히 죄스러웠다.

그제야 직원들이 갑자기 바뀐 식당 환경과 메뉴에 왜 아무 말이 없었는지를 알게 된 것이다.

또 죄스러웠다.

오민영이 부속실장을 맡고 있다는 것조차도 몰랐던 것이다.

의외로 메리 앤의 공백이 컸다.

"이후 관리팀장에 대한 소문이 안 좋게 나돌았습니다. 5대 기업 사람들이 툭하면 드나들며 뇌물을 준다는 등 하는 소문 말입니다."

"확인된 게 있어요?"

"그럴 리가요? 아무리 부속실이라지만 제가 관리팀장님을 내사할 정도는 아니지요."

"그렇긴 하네요."

"하여간 우리 부속실에는 무리한 요구까지는 안 하니 저희는 그저 소문이려니 했습니다. 한데……."

"한데요?"

"관리팀장님 업무 권한으로 볼 때 사실 5대 기업 임원들이 드나들 일은 없거든요."

"임원들이 드나들어요?"

"예. 소문에는 올 때마다 매번 선물을 가지고 온답니다."

"뭘 대가로요?"

"편의죠."

"그러니까 무슨 편의 말입니까?"

"외부 일들 중 회장님께서 불편하거나 불쾌하게 생각하는 일이 전해지지 않도록 하는 거죠."

"그걸 어떻게?"

"관리팀장 업무 메일이 5대 기업이나 계열사들에게는 회장님 지시 사항이 된 지 오래입니다."

"예?"

이진은 거의 경악하다시피 했다.

정도영이 말을 이었다.

"유일하게 자유로운 곳이 저희 부속실과 유니버스입니다. 두 곳은 회장님과 유니버스 회장님이 계시니……."

"……."

이진은 입을 다물어야 했다.

안에서 썩어 가는 것도 모른 채 밖에서 썩는 것을 탓한 것이다.

"보안팀은요?"

"역시 마찬가지입니다. 예산이 관리팀에서 나오는 처지이니까요. 저희 부속실 예산만 손을 대지 못하고 있습니다. 다 오민영 실장님 때문이지요."

"그럼 오민영 씨는 그걸 안다는 소리잖아요?"

"자세히는 모를 겁니다. 오 실장님이야 회장님과 거의 함께 움직이니 알 시간도 없고요."

"그런데 왜 그런 일을 보고를 안 하고……."
"그건… 회장님은 너무 높은 곳에 계시니까요."
쿵.
이진은 다시 충격을 받아야 했다.
한동안 말이 없던 이진.
간신히 입을 열었다.
"잘 들었어요. 말해 줘서 고마워요. 내가 곧 조치를 취할게요. 미안합니다."
"회, 회장님! 저희 직원들은 그래도 모두 만족하고 있습니다."
정도영이 황급히 고개를 숙였다.
그러나 이진은 만족스럽지 않았다.
정도영을 내보낸 이진.
한동안 자리에 멍하니 앉아 있다가 개인 전화기를 찾았다.
그리고 전 과장에게 전화를 걸었다.
"보안 점검팀 조직해서 대기시켜요."
다음은 TRI였다.
"감사팀 조직해서 대기시키세요. 한국과 연관 없는 사람들로 꾸며요. 극비입니다."
2통의 전화를 건 이진.
힘없이 집으로 향했다.

❖ ❖ ❖

 집에 도착하자마자 가장 먼저 눈에 들어온 것은 할아버지 이유가 머물던 전각이었다.
 전생의 박주운은 집안 어른들 만나기를 꺼렸었다.
 다들 성산의 이사에 오른 박주운에게 청탁이나 하려 들었기 때문이었다. 그래서 최대한 자리를 피했다.
 그런데 지금 이진은 아니었다. 집안에 어른이 더 있었으면 좋겠다는 생각이 들었다.
 평균 연령 27세의 젊은 집안이다.
 어른이 있을 리 없다.
 그것도 엄마 데보라 킴과 안나까지 더해서 그랬다.
 "뭐 해요?"
 집에 들어왔다는 소식을 들었는지 메리 앤이 나와 물었다.
 "그냥."
 "할아버님 생각했구나?"
 "어떻게 알았어?"
 "나도 여기 앞 지나면 자주 생각나요."
 "애들은?"
 순번대로 질문이 나온다.
 이런 걸 뭐라고 할까?

습관처럼 생긴 일이다.

"오늘 집에 없어요. 안나가 체험 학습 데리고 나갔어요."

"경호는?"

"확실하게 했죠. 호호호!"

오늘따라 메리 앤은 기분이 좋아 보였다.

오랜만에 아이들한테서 해방이 되어서일까?

"우리 오늘……."

무언가 말을 하려던 메리 앤이 주춤거렸다.

"말해."

"당신, 오늘 무슨 일 있구나?"

메리 앤은 곧바로 눈치를 챘다.

이진은 미안하지 않을 수 없었다. 이렇게 오랜만에 둘이 시간을 보낼 수 있는 날이 거의 없는데, 분위기를 망치게 된 것이다.

메리 앤은 아무 말 없이 팔을 잡고 안으로 이진을 이끌었다.

씻고 저녁을 먹으며 이진은 오늘 있었던 이야기들을 했다.

메리 앤의 표정도 굳어졌다.

둘 다 표정이 안 좋아서인지 메이드들도 오늘따라 조용했다.

"미안해. 오늘 일 아니면 아이들 없을 때 밤에 둘이 외출이라도 하는 건데……."

"아니에요. 그건 다음에 하면 되고……. 그래서, 조사팀 불렀어요?"

"응."

메리 앤은 이진이 어떻게 행동했을지 잘 알고 있었다.

본사, 그러니까 이제 본사는 아니지만 TRI의 감사팀을 불렀을 것이란 사실을 바로 눈치챘다.

"그러신데도 우리 전하께서 마음이 안 편하시고……."

"내가 내부 사정에 너무 신경을 쓰지 않았나 봐."

"그럼 마음 가는 대로 하면 되지."

"마음 가는 대로?"

"응. 당신, 요즘 너무 이것저것 생각이 많아요. 전에는 곧바로 행동하곤 했는데……."

"…그러다 내가 틀리면?"

"사람은 누구나 틀려요. 당신이라고 해서 늘 옳을 수는 없잖아요?"

메리 앤의 지적에 이진은 스스로를 변호하려고 하는 자신을 발견해야 했다.

맞다. 생각이 많다.

하지만 지금은 지고 있는 무게는 예전에 비할 바가 아니다.

세계 경제의 흥망이 거의 이진 자신의 손에 달려 있다고 해도 과언이 아닐 정도다.

G20 대부분 국가, 그리고 IMF나 세계은행은 끊임없이

테라의 기술로 인해 변해 가는 경제 환경에 대한 우려를 쏟아 내고 있다.

그래서 더 신중해야 한다고 생각했다.

그게 그렇게 비추어졌을까?

"라인이 마음에 안 들면 카카오로 쓰면 되지."

"응?"

이건 뭐지?

새로 만든 유머인가?

메리 앤의 말에 이진은 문득 웃음이 나오려 했다.

스스로를 변호하려는 자신도 발견할 수 있었다.

그래, 마음 가는 대로 해야지.

내가 잃을 것이 뭐 있다고?

가족밖에 없다.

무언가를 지키기 위해 마음에 없는 일들로 인생을 채운다면 그게 무슨 의미가 있겠는가?

"그럼 나 회사에 다시 나가 봐야겠는데?"

"그래요. 애들도 없는데 같이 가요."

메리 앤은 이진의 뜬금없는 소리에도 기꺼이 응했다.

회사 근처에 도착하자 서울에 상주하는 경호팀 전원이

도착해 있었다.

"회장님! 전원 소집했습니다."

문소영이 이진과 메리 앤을 향해 보고를 했다.

자정을 코앞에 둔 시각.

회사 앞 도로는 아직 지나가는 차들이 많았지만 인도에는 인적이 드물었다.

이진이 정문 앞으로 가자 곧바로 보안요원이 튀어나왔다.

"회장님! 이 늦은 시간에……."

"문 열어요."

"예, 회장님! 한데 관리팀장님은……."

이 정도였나?

회장이 회사에 나와 문을 열라는데 관리팀장이 나온다.

"당장 열지 못해요? 회장님이세요."

"예? 예, 알겠습니다."

문소영이 소리를 지르자 보안요원이 문을 열었다.

야간에도 근무하는 직원들이 있다.

다른 나라, 특히 미국에서 오는 연락을 받고 업무를 처리하기 위해서 상주하는 것이다.

"보안팀장은요?"

"퇴, 퇴근하셨습니다. 연락할까요?"

"아니에요. 관리팀에는 누가 있어요?"

"예? 아, 그게……."

모니터를 뒤적거리는 직원.

보안팀에서 야간에 건물에 있는 직원이 누구인지도 파악을 못하고 있는 것이다.

이 모든 것이 전자 시스템으로 바뀐 지가 언제인데, 그게 확인이 되지 않을까?

문소영이 나섰다.

"어디 봅시다."

문소영이 다가가자 보안요원은 완강히 거부했다.

"관리팀장님이나 보안팀장님만 열람이 가능합니다."

"여기 회장님 안 보여요?"

메리 앤까지 나서 어이가 없어 언성을 높였다.

그러자 어쩔 수 없이 물러서는 보안요원.

가관이 아닐 수 없었다.

"이건 뭐예요? 이런 걸 왜 수기로 적어요?"

"그게… 저야 시키는 대로 했을 뿐입니다. 직접 입력하다 보면 실수가 있을 수 있으니 미리 수기 후 입력하라고 지시하셔서……."

이게 뭔 개소리인지 알다가도 모를 일이었다.

완벽한 시스템을 두고 수기로 기록을 관리한다.

"누가요?"

"관리팀장님 지시로 알고 있습니다."

"언제부터 이래요?"
"그게… 몇 달 됐습니다."
문소영이 뒤를 돌아봤다.
이진이 머리를 끄덕였다.
"현재 근무 직원들 열외 없이 모두 3층 직원 회의실로 집합시키세요."
"예."
"보안 시스템 꺼요."
"예? 그건 관리팀장님만 하실 수 있는데요?"
"전기 빼요."
듣기에도 민망한 내용들이었다.
관리팀장이 회장이라고 해도 믿을 지경이 아닐 수 없었다.
메리 앤의 표정도 굳어질 대로 굳어졌다.
처음에 만든 회사가 아니었다.
"근무 직원들 이동 없도록 해요. 가시죠, 회장님!"
문소영이 경호원 몇 명에게 지시한 후 앞으로 나섰다.
올라간 곳은 5층 관리팀이었다.
보안 시스템을 해제해서 문은 곧바로 열렸다.
"이곳입니다."
관리팀장의 명패가 보인다.

〈관리팀장 주창민〉

역시 처음 들어 보는 이름이었다.
평범한 책상이었다. 흔하게 보이는 가족사진도 없다.
모니터 3대가 책상을 채웠다.
곧바로 문소영이 책상 서랍 문을 잡아당겼다.
잠겨 있다.
이진이 고개를 끄덕였다.
투둑. 탕탕.
요란한 소음과 함께 서랍이 열렸다.
몇 개의 서랍을 열자 상품권 봉투가 한 무더기 나왔다.
"우리 백화점 상품권입니다."
"우린 상품권 안 쓰잖아요?"
상품권은 없앴다.
테라 PAY 상품권이라는 전자 상품권을 발행한다.
"백화점에서는 아직 종이 상품권이 유통되고 있습니다."
"어떻게 입수한 건지 확인해 봐요."
문소영의 팀원 중 한 명이 상품권을 받아 들고 전화를 돌렸다.
이후 서랍에서는 별다른 것이 나오지 않았다.
다음은 캐비닛이었다.
캐비닛을 열자 이번에는 안에서 소형 금고가 나왔다.

역시 문소영의 팀원이 금고를 능숙하게 열어 냈다.

안에서는 현금이 든 봉투와 명품 시계가 가득 나왔다.

달러, 엔화에 이어 에티오피아 화폐인 비르까지 한 뭉텅이 나왔다.

"그게 다 뭐예요?"

"뇌물 처먹은 게 집에 가져가지도 못할 정도인 모양입니다."

"세상에……."

놀라기에는 아직 일렀다.

관리팀장의 업무용 PC의 패스워드를 풀어 낸 팀원 중 하나가 이상한 폴더를 찾아낸 것이다.

〈VIP 메일〉

메일을 저장해 둔 폴더였다.

거기에는 무려 천 개가 넘는 메일이 저장되어 있었다.

하나를 인쇄하자 곧바로 정도영의 증언이 사실임이 드러났다.

〈회장님 지시 사항〉
발신:본사 관리팀장
수신:자동차 생산 담당 이사

다 알고 온 이진도 혀를 내두르지 않을 수 없었다.

단 한 번도 관리팀장을 통해 어떤 지시를 내린 적이 없었다. 그런데 이놈은 그냥 마음대로 이진의 직함을 도용해 먹은 것이다.

'이놈은 도대체 무슨 배짱으로 이런 비리 커넥션을 만든 것일까?'

경악하다가 허탈해질 정도였다.

"우리 가문 사람 중에 검찰 있죠?"

"예, 회장님! 부를까요?"

"예, 불러오세요."

이진의 명령에 문소영이 전화를 걸었다.

강남에 사는지, 한 시간이 못 되어 중년 남자가 헐레벌떡 도착했다.

"직접 불러 주시니 영광입니다. 서울 중앙지검 강력부에서 일하는 전경일이라고 합니다."

"어르신께 말씀 많이 들었어요. 부장검사까지 오르셔서 늘 든든하다고 하시더군요."

이진은 전칠삼을 들이댔다.

그리고 그게 통했다.

"다 어려서부터 돌봐 주신 덕입니다. 이렇게 회장님을 뵙게 되니 감개무량합니다."

"제가 오늘 뵙자고 한 건 도움이 필요해서예요."

"성심을 다하겠습니다."

이진은 바통을 문소영에게 넘겼다.

결론은 빠르게 나왔다.

불과 30분이 걸리지 않았다.

"일단은 제가 여기 있는 증거들을 토대로 긴급 체포 영장과 수색 영장을 받아 오겠습니다. 일단 체포를 한 후 검찰은 물러나고, 우리 쪽에서 수색을 하시는 것이 어떨까 싶습니다."

"이 시간에 영장 발부가 가능하겠어요?"

"역시 가문에 판사가 있습니다. 게다가 국가 경제를 책임지다시피하고 있는 테라에서 일어난 전대미문의 비리입니다. 긴급 영장이 발부될 겁니다."

"관리팀장 집은요?"

문제는 주창민 관리팀장이 은닉했을 가능성이 있는 정보들과 다른 뇌물일 것이다.

"저희는 체포만 하겠습니다. 그러면 먼저 조사를 하시지요. 그래야 외부로 유출되는 정보가 적을 겁니다."

"좋아요. 그렇게 합시다. 고마워요."

"어인 말씀을요. 늘 가문을 위해 일할 준비를 해 두었습니다."

사시를 패스했을 것이고, 부장검사까지 오를 정도라면 꽤나 명석한 사람일 것이다.

한데 마치 전 과장을 보고 있는 것 같다.

테라에 대한 충성심이 대단했다.

이진은 곧바로 응했다. 그리고 덧붙였다.

"체포하면 먼저 여기로 데려오세요."

"예, 회장님!"

"그리고 한국에서 횡령이나 배임으로 얼마나 살까요?"

이진의 뜬금없는 물음에 멈칫한 전경일 부장검사.

곧 말뜻을 이해했다.

"미국 검찰이나 재무부에서 조사를 원할 경우 언제든 협조할 수 있도록 조치하겠습니다."

여기서 설사 주창민 관리팀장이 구속된다고 해도 얼마나 살까?

아마 뒷배가 있을 것이고, 그다지 오래 수감 생활을 하지는 않을 것이다.

하지만 미국으로 가면 달라진다.

지금 대충 드러난 것만 해도 최소 15년 이상이다.

이진은 한국에서 주창민 관리팀장이 편하게 감옥살이하다가 특사로 나오는 꼴은 볼 생각이 없었다.

그만큼 이 일에 실망했기 때문이었다.

"그래도 될까요?"

메리 앤이 걱정이 되는지 나섰다.

"걱정하실 필요 없으십니다. 모두 제가 알아서 처리하겠습니다. 결코 가문에 누가 되지는 않게 하겠습니다."

전경일 부장검사가 인사를 하고는 물러났다.

오전 8시 30분.

테라 건물로 직원들이 평소처럼 출근을 하고 있었다.

다들 의욕에 찬 모습들이었다.

그러나 안으로 들어오자마자 곧바로 표정들이 굳어졌다.

건물 안에 무장 병력이 배치된 것이다.

한국에서 사기업에 무장 병력이 배치되는 것은 보기 드문 일이었다.

그러나 워낙에 글로벌한 회사였기에 직원들은 크게 의아해하진 않았다.

출근하는 직원들은 모두 각자의 사무실이 아닌 층별 회의실로 분리되어 들어갔다.

이진은 2층 카페테라스에서 그들을 묵묵히 지켜봤다.

오전 9시 30분.

직원들은 업무를 배제한 채 회의실에서 대기하다가 모두 1층으로 나왔다.

그리고 곧바로 주창민 관리팀장이 수갑을 찬 채 검찰 수사관들과 함께 나타났다.

한바탕 소란이 일었다.

이진이 계단을 통해 1층으로 내려갔다.

"회, 회장님! 오해입니다. 정말입니다."

털썩.

무릎을 꿇는 주창민 관리팀장.

"내가 주 팀장이 어디서 어떤 돈을 가져다가, 얼마나 먹고 어떤 놈에게 바쳤는지 다 밝혀낼 겁니다."

"회, 회장님!"

짝짝.

이진의 말에 직원들 중 누군가가 박수를 쳤다.

그리고 뒤이어 우레와 같은 박수 소리가 터져 나왔다.

짝짝짝!

"와아!"

이어 함성 소리도 들려왔다. 모두들 알고 있었지만 말은 못하고 있었던 것들이 분명했다.

재벌집 망나니
7 대독자

"자! 오늘은 모두 일상 업무를 접고 대화의 시간을 가질 까요?"

메리 앤이 나섰다.

다시 환호성이 터졌다.

이진은 곧바로 전경일 부장검사와 함께 사무실로 향했다.

수갑을 찬 주창민 관리팀장 역시 끌려와 우두커니 섰다.

"대체 왜 그런 거예요?"

이진이 물었다.

주창민 관리팀장은 고개를 숙인 채 말이 없었다.

이진이 다시 물었다.

"대체 왜 그랬냐고요?"

이진으로서도 이해가 가질 않는 부분이 있었다.

설사 지금 눈치채지 못했더라도 오래가지는 못했을 것이다.

벌인 일이 상상하기 힘들 정도로 컸다.

그걸 파악하기 위해 데려온 것이다.

그러나 기대는 하지 않는다. 드러내 놓고 말한다면 그건 별것도 아닌 배후란 뜻이니까.

잠시 후, 주창민 관리팀장이 머리를 들어 이진을 바라보았다.

"이놈이?"

탁.

전경일 부장검사가 주창민의 머리를 쥐어박았다.

"회장님은 떳떳하고요?"

"그게 무슨 말입니까?"

"아무도 회장님이 떳떳하다고 생각하지는 않을 겁니다. 지주회사로 5대 기업을 좌지우지하니까요."

"그런가요?"

좀 전과는 전혀 다른 얼굴의 주창민 관리팀장이었다.

"그래서, 주 팀장도 기회가 있어 그랬다?"

"그럴지도요."

이진은 입을 다물었다.

"대화가 불필요합니다. 제가 세세히 조사를 하겠습니다."

"그럽시다."

이진은 전경일 부장검사의 제안을 선선히 응낙했다.

"뇌물을 공여한 자들은……."

"모두 법대로 처리하세요."

"예. 그럼 바로 조치하겠습니다."

전경일 부장검사가 주창민 관리팀장을 데리고 나갔다.

분명 무언가가 있었다. 그러나 상대를 해 주면 불리할 것이란 생각에 그냥 보내야 했다.

밖에서는 직원들이 분주하게 오갔다.

메리 앤이 뭔가를 준비시키는 것이 분명했다.

테라가 오픈을 하기 전에는 메리 앤이 모든 일을 대신했다.

그리고 거의 완벽했다.

그런데 오픈 후 테라는 나아지지 않고 나빠지고 있었다.

돈은 벌어들이고 있었지만, 그것 역시 딸 이령의 설계도를 바탕으로 한 기술 때문이었다.

이진이 한 일은 없었다.

자괴감이 스며들었다.

대략 30분쯤 집무실에 앉아 있을 때, 메리 앤이 들어왔다.

"아무래도 내가 좀 나서야겠어요."

"그렇게 해."

"령이 아빠!"

메리 앤이 딸 이령의 이름을 호칭 앞에 붙인다.

전에 없던 일이다.

퍼니셔 • 249

"응?"

"너무 실망 말아요. 외적으로 커졌잖아요. 손이 안 닿는 곳이 생기는 것은 당연한 일이에요."

"……."

이진은 대답하지 못했다.

"령이 아빠!"

"그럴게. 참! 난 베이징에 좀 다녀와야 해."

"그래요. 당신이 있으면 좀 곤란한 일도 있어요."

무슨 일일까?

궁금하긴 했다. 그러나 이진은 묻지 않기로 했다.

"그럼 다녀올게."

"건강 잘 챙기고요. 좀 쉬다 와요. 오늘 가면 아무도 모르잖아요. 내가 문 실장에게 말해 둘게요."

그것도 좋을 것 같았다.

시진핀의 말투로 볼 때 공개적인 만남은 아니다. 시끄러울 때 아무도 모르게 다녀오는 것도 괜찮았다.

이진은 오민영이나 마이크에게도 알리지 않고 성북동으로 돌아왔다. 그리고 문소영의 경호팀을 데리고 뒷문을 통해 인천공항으로 향했다.

비행기는 대한항공 인천발 베이징행 퍼스트 클래스였다.

이진은 선글라스까지 낀 채 몸을 시트에 파묻었다.

비행시간이 2시간이었기에 잠깐 휴식을 취하면 될 것 같았다.

옆자리는 비어 있어 신경 쓸 일은 없었다.

잠깐 잠이 들었을까. 누군가의 목소리가 들려왔다.

-메시아가 되라고 그런 특혜를 준 것은 아닌데?

앞자리에서 들려오는 목소리 같았다.

이진은 슬그머니 눈을 떴다.

낮고 단조로운 목소리에는 알 수 없는 강렬함이 느껴졌다.

그러나 가까운 곳에는 그런 목소리를 낼 만한 사람이 없었다.

착각이었을까?

다시 눈을 감자 또 목소리가 들려왔다.

-시리아에 간 건 실수였어. 아사드에게 현상금을 건다고 역사가 바뀌진 않아.

이진은 벌떡 몸을 일으켜야 했다.

"회장님! 어디 불편하십니까?"

문소영이 화들짝 놀라 다가왔다.

이진은 대답을 하지 않은 채 주변을 살폈다.

그러나 퍼스트 클래스 객실 내에는 그런 목소리를 낼 만한 중년 남자는 역시 없었다.

중국인으로 보이는 중년 여자 둘, 그리고 아이돌 느낌이 나는 젊은 애들 몇 명이 전부였다.

"왜 그러십니까? 회장님!"

"아, 아니에요."

이진은 다시 자리에 앉았다.

잠시 후, 다시 목소리가 들려왔다.

-20년 후에야 나올 기술을 먼저 현실화한 것도 잘못된 일이야. 빨간 펜이 아무것도 기록하지 않으면 그쯤은 알아들을 줄 알았는데…….

분명 이진에게 하는 말이었다.

어찌 된 일일까.

문소영을 힐끗 보니 전혀 못 들은 것이 분명했다.

등골이 오싹했다.

신인가?

박주운을 이진으로 탈바꿈시켜 놓은 그 존재?

이진은 문득 그런 생각이 들었다.

그래서 물었다. 마음속으로.

'그럼 왜 그냥 두셨을까요?'

-곧 바로잡을 줄 알았지. 그런데 너무 많은 걸 바꾸려고 하네?

반응이 온다.

마음속으로 생각했을 뿐인데도 말이다.

이진은 다시 마음속으로 말했다.

'그럼 령이에게 그런 능력을 주지 않으셨으면 되죠.'

-그건 그 아이의 능력인걸? 타고난 능력이야. 하지만 그 아이가 커 가며 하나씩 이룰 일이었어.

이진은 문득 자책감이 들었다.

딸이 이루어야 할 미래를 자신이 가져와 마음대로 써 버렸다는 질책으로 들렸다.

-실망했군. 아버지라서 그런 건가?

'……'

머릿속에 울려 퍼지는 목소리는 이진의 마음을 곧바로 알아챘다.

그때, 승무원이 기내식을 나눠 주기 위해 들어오는 것이 보였다.

이진은 문소영을 향해 손을 저었다.

"예, 회장님!"

문소영이 승무원에게 기내식을 먹지 않을 것이라고 알렸다.

그러는 동안 이진은 무엇을 물어야 할지 고민해야 했다.

신은 불친절하다.

신인지 악마인지는 몰라도 어쨌든 그랬다.

그래서 이진이 빨간 펜이 제시하는 일을 먼저 수행하지

않자 능력을 회수해 버린 것이다.

그걸 필요 없어져서 사라진 것이라 착각한 것이다.

그런 신이 친절할까?

'그럼 내가 할 일은 뭡니까?'

-메시아가 아니야. 퍼니셔야. 그걸 하라고 박주운을 이진으로 살게 한 거야.

퍼니셔(Punisher)?

처벌자, 응징자? 뭐 그쯤 되겠다.

'누굴 처벌하라는 말씀입니까?'

-역사를 바꾸려는 자들, 허락되지 않은 일을 하려는 자들. 이만하면 누군지 감이 올 텐데?

'SEE YOU를 말하는 겁니까?'

-너무 앞서가네. 먼저 왜 박주운이 이진이 되었나를 생각해 봐.

왜 박주운이 이진이 되었을까?

아무리 생각해 봐도 답은 하나였다.

성산 때문일 것이다.

그게 아니면 무엇 때문에 바지 이사나 해 먹던 박주운을 신이 선택했겠는가?

'이만식 회장을 응징하란 말입니까?'

-아니. 그자가 나쁘다고 해도 아들만큼은 아니지.

'그럼 이재희를요?'

-그래, 그놈이야. 그놈은 사악한 놈이야. 벌을 받아야 해. 그래서 너에게 그 녀석보다 압도적인 힘을 준 거야. 그런데 계속 딴짓만 하네.

그게 신의 뜻이라고?

고작 이재희를 왜?

'이재희를 제거하란 말씀이십니까?'

-말귀를 못 알아듣네. 이재희가 첫 번째란 뜻이야.

그럼 그다음은 SEE YOU인가?

이진은 이해가 가질 않았다.

그러나 자신이 박주운에서 이진이 된 것부터가 이해가 가질 않는 일이었다.

그래서 물어야 했다.

'그럼 그 일을 대신 하면 제가 무얼 얻게 됩니까?'

-세상 돈을 다 긁어모아 가더니 속물 다 됐네.

'어차피 난 한 번 죽었습니다. 또 그냥 죽으란 말입니까?'

-당장 이진의 아버지처럼 비행기 사고로 죽어 볼래?

그 말이 끝나기가 무섭게 비행기가 요동쳤다.

"회장님!"

비상경보가 울리며 마스크가 머리 위로 떨어져 내렸다.

문소영이 그 와중에도 거의 이진을 덮쳐 왔다.

'이 여자는 여기서 떨어져도 날 지킬 수 있다고 여기는 걸까?'

이진은 문득 그런 생각이 들었다.

'난 가족이 필요합니다. 지금 죽을 수는 없어요.'

이진은 소리를 질렀다.

그러자 비행기는 곧바로 흔들림을 멈췄다.

기장의 안내 방송이 들려왔다.

(난기류로 인해 잠시 기체가 흔들린 점 사과…….)

문소영은 몇 차례나 괜찮으냐고 물은 후 자리로 돌아가 앉았다.

그리고 다시 목소리가 들려왔다.

-넌 퍼니셔야. 벌 받을 자들에게 벌을 줘. 그래서 테라란 무기를 준 거야. 그리고 보상도 줬지.

'보상은 뭔가요?'

-넌 늘 이서경 때문에 불행하다고 여겼지. 다시 태어나면 좋은 여자랑 결혼해 아이를 낳고 행복하게 살고 싶었어. 그걸 줬잖아? 포기할 수 있어?

'……'

포기할 수 없다.

박주운을 포기해도 이진은 포기가 안 된다.

메리 앤과 아이들 때문이다.

-거봐. 애들과 와이프가 가슴에 새겨져 포기가 안 될 테지. 그럼 일을 해. 안 그러면 언제 죽어도 이상하지 않게 될 거야.

'…그게 보상의 전부인가요?'

협박이나 다름없는 말.

그래도 이진은 물어야 했다.

-건방지네. 좋아, 일을 하면 메리와 함께 늙어 죽도록 해 주지. 그만하면 네가 바라는 건 다 이룬 것 아니야?

다 이룬 것이다.

아이들이 커 가는 것을 보면서 둘이 늙어 죽는다면 말이다.

사람들이 당연하다고 여기는 것이 바로 그것이다.

그런 게 결국은 그게 가장 큰 행복인 것.

'좋습니다.'

이진은 대답했다.

그것 외에 더 바랄 것이 무엇이 있는가?

목소리가 들려왔다.

-다시 빨간 펜을 잡아. 신은 친절하지도 않지만, 가혹하지도 않아.

그게 끝이었다.

"회장님! 땀이 비 오듯 흐릅니다."

이진은 문소영의 목소리에 잠을 깼다.

"괜찮아요. 한데 난기류는요?"

"예? 난기류는 없습니다. 평온한 비행이었습니다. 곧 공항에 도착합니다."

"…아, 알겠어요."

이진은 고개를 끄덕이며 대답했다.

기체가 흔들려 산소마스크가 내려온 것도 모두 다 꿈이었다.

만약 이 꿈이 신의 계시라면 빨간 펜을 잡아 보면 알게 될 것이었다.

비행기는 베이징에 착륙하고 있었다.

밖으로 나가자 탁한 공기가 콧속으로 밀려들었다.

입국장을 향해 나가자 시진펀이 보낸 중국인들이 기다리고 있었다.

신변을 노출시키지 않으려는 듯 인의 장막으로 만들어 놓은 통로를 통해 이진은 자동차에 올랐다.

도착한 곳은 베이징 서우두 국제공항에서 차로 30분 정도에 위치한 프라임 호텔이었다.

문소영의 표정이 굳어졌다.

호텔의 격이 떨어진다고 생각하는 것이 분명했다.

그러나 비밀리에 만나려는 시진펀의 의도가 엿보였기에 이진은 묵묵히 안으로 따라 들어갔다.

정문이 아닌 사이드 도어로 들어가 엘리베이터에 올랐

다 내리자, 무장 병력이 복도에 줄을 지어 서 있었다.

6층 전체를 소개하듯 비운 것이 분명했다.

한 객실 밖에 시진핀 국가 주석이 나와 서 있었다.

그제야 문소영의 표정이 좀 밝아진다.

악수를 한 이진은 곧바로 둘만의 대화에 들어갔다.

"와 주셔서 감사드립니다."

"바쁘실 텐데 이렇게 직접 나와 주셨네요."

"하하하! 당연하지요. 우리가 앉아서 기다릴 사이는 아니지요."

"감사합니다."

비교적 우호적인 인사말이 오갔다.

그러나 이진의 머릿속에는 비행기 안에서 꾼 꿈에 대한 생각이 가득했다.

시진핀 주석은 곧 용건을 꺼냈다.

"이 회장님을 꼭 만나고 싶어 하시는 분이 있습니다."

"저를요?"

"예. 어쩌면 이 회장님께 좋은 선물이 될 수도 있을 겁니다. 그래서 주선했습니다."

"어떤 분이신지 정말 궁금하네요."

누구일까?

중국 국가 주석이 직접 소개에 나서려는 사람이…….

누구인지 궁금하지 않을 수 없었다.

"두 분이 먼저 만나서 이야기를 나누시고 그다음에 저와 만나시죠."

"그러겠습니다."

"3일 정도는 머무르실 수 있으시죠? 제가 답례를 하고 싶습니다."

시진핀은 자신에게 제공해 준 정보에 대한 답례를 하고 싶은 모양이었다.

어쨌든 이진의 말처럼 국가 주석이 되었으니 말이다.

"예. 그렇게 하겠습니다."

이진은 가볍게 응낙했다.

서울로 돌아가 봐야 좋은 일은 없었다.

당장 벌어진 일 때문에 시끄러울 것이기 때문이었다.

출발할 때 벌써 5대 기업 회장들이 테라 사옥으로 들어갔다는 보고를 받았다.

"그럼 잠시만 기다려 주십시오."

시진핀이 자리에서 일어났다.

이진도 따라 일어났다.

약 10분 후, 문소영이 다가와 귀에 입술을 대고는 속삭였다.

메리 앤에게 하던 것과 다르지 않았다.

"북한 사람입니다. 무기는 없습니다만, 도청 장치인지 녹음 장치인지를 부착하고 있습니다."

"그냥 두고 들여보내요."

"예, 회장님!"

문이 열리며 두 남자가 나타났다.

이진도 아는 얼굴이었다.

아니, 정확히 말하면 박주운이 아는 얼굴이었다.

그러나 시진편의 말처럼 반가운 얼굴은 아니었다.

지금이 11월.

눈앞에 선 사람은 다음 달에 죽는다.

그런 사람을 만나 무슨 이야기를 하겠는가?

어쩌면 비행기 안에서 꾼 꿈이 우연은 아닐지도 모른다는 생각이 들었다.

그렇지 않고서야 저 사람을 만나기 전에 그런 꿈을 꿀 리는 없었다.

아마 이진이 다른 판단을 내릴 것을 고려해서 먼저 계시가 있었을지도 모른다는 생각이 들었다.

"드디어 만나 뵙게 되는군요. 나, 조선민주주의 인민 공화국 국방위원회 부위원장 장성택입니다."

"……."

이진은 아무 말 없이 손을 내밀어 악수를 했다.

"몇 번이나 시 주석께 청을 넣었습니다. 이 회장님을 한 번 뵙게 해 달라고 애걸복걸했지요."

장성택의 두 눈동자가 안경 속에서 빛났다.

이 사람은 뭘 바라는 것일까?

한 달 후면 자신이 조카의 손에 총살될 운명이란 걸 알기는 할까?

모를 것이다.

그러니 무언가 일을 도모하고자 시진핀에게 이진을 만나게 해 달라고 부탁을 했을 것이다.

"그러실 것까지야. 앉으시죠."

이진은 일단 자리를 권했다.

"세계 최대 기업의 오너시라니······. 참 대단하십니다. 그러고 보면 우리 민족이 정말 우수한 민족 아닙니까?"

"그렇긴 하지요. 물론 저 때문은 아닐 겁니다."

밑밥이 깔렸다.

한민족이란 것을 내세워 이자는 무엇을 얻으려 하는 것일까?

당연히 경제적 지원을 바랄 것이 분명했다.

"세계 제일 기업의 총수이신 분이 나와 같은 한민족이란 것이 믿겨지지 않습니다. 우리 공화국은 이 회장님을 늘 자랑스럽게 여기고 있습니다."

"하하하! 감사합니다. 그런데 그쪽에서 볼 때는 제가 악질 자본가 아니겠습니까?"

"그거야······. 다 정치적인 문제이지요. 우리 공화국도 이제 개혁 개방에 나설 때가 되지 않았겠습니까?"

"……."

이진은 더 말을 하지 않은 채 찻잔을 들었다.

용건을 말하라는 무언의 압박이었다.

"에티오피아 말입니다. 들리는 소문으로는 올해 1인당 GNP가 2만 달러에 근접할 거란 소문이 있더군요."

"예. 아마 그럴 겁니다."

에티오피아는 테라로 인해 500달러를 살짝 넘던 1인당 GNP가 거의 40배 가까이 폭등할 것으로 조사되고 있었다.

이미 이코노미에서 보도된 내용이었다.

"기왕이면 우리 공화국에 그런 산업 시설을 지어 주셨다면 더 좋았을 것을요."

"지금이라도 늦지는 않았지요."

"하하하! 그렇지요. 그래서 오늘 이 자리가 있는 것 아니겠습니까?"

장성택은 당당해 보였다.

마치 자신이 북한의 전권을 다 쥔 것처럼 말한다.

하기야 그랬으니 처조카가 어떤 일을 벌일지 파악조차 하지 못해 총살을 당했겠지만.

"그래서 말씀인데……. 테라에서 우리 공화국에 투자를 좀 해 주셨으면 합니다. 신의주와 원산, 그리고 중국 접경 지대에 테라가 투자를 하신다면……."

이진이 턱을 들어 올렸다.

"공화국은 모든 부지를 무상 제공하고 편의를 제공할 수 있습니다."

"전 미국인입니다. 설마 저에게 미 정부의 제재를 위반하란 말씀은 아니시겠지요?"

"이거 왜 이러십니까? 내가 알기론 이 회장님이 미국 정치권을 움직일 정도는 되실 거라 들었는데요. 시 주석도 그렇게 말했고요."

이진은 잠시 침묵했다.

그리고 다시 입을 열었다.

"좋습니다. 대신 조건이 있습니다."

"말씀하시죠. 일단 첫 삽을 퍼야 구덩이를 파든 터널을 뚫든 할 테니까요."

"국민들을 먼저 먹이라고 전해 주세요. 그것보다 중요한 것은 없으니까요."

이진의 말에 장성택이 침묵했다.

이진이 한 말이 자신이 아닌 김정은에게 한 말이기 때문이었다.

"아! 정은이가 걸리는 모양이군요. 그런 것이라면……."

"솔직히 까놓고 이야기하자면 북한 주민들이 불쌍합니다. 당장이라도 전 재산을 털어서 나눠 주고 싶은 심정이에요."

"……."

"그걸 장 부위원장님 처조카가 용인할지 궁금하네요."

이진은 아주 도전적으로 김정은을 거론했다.

"…정은이는 내게 맡기시면 됩니다. 모두 시 주석과도 이야기가 끝났습니다."

"그 말씀은……?"

"뭐, 좋도록 생각하시라요. 아무튼 여건만 조성된다면 테라도 투자를 하실 의향이 있으시다는 말씀이죠?"

"물론입니다. 내 나라인걸요."

이진은 내 나라란 말을 강조했다.

그 뜻을 오해한 것일까?

"하하하! 그리 말씀해 주시니 동포애가 느껴집니다."

이야기는 다시 부드럽게 흘러갔다.

그럴 수 있었던 이유는 장성택이 처조카 김정은을 지도자로 여기지 않는다는 것 때문이었다.

장성택은 내년 2월이나 3월에 다시 이 문제를 논의하자는 약속을 내밀었다.

이진은 당연히 받아들였다.

어차피 그때는 장성택이 살아 있지도 않을 테니까.

대략 30분의 면담은 그렇게 끝났다.

"시 주석께서 작은 연회를 준비하셨습니다. 바로 다시 뵙지요."

장성택이 자리에서 일어나 나갔다.
이진은 곧바로 문소영을 불렀다.
"내일 장성택한테 가방 하나 들려 보내요."
"예, 회장님! 한데 차라리 김정은에게 주시는 것이 낫지 않겠습니까?"
한마디로 격이 떨어진다는 소리였다.
이진은 웃으며 말했다.
"조의금 미리 내는 거예요."
"예?"
"나중에 보면 알아요. 어디라고 했죠?"
"예. 연회 장소는 여기서 20분쯤 떨어진 안가입니다."
"갑시다."

비공식적이면서 은밀한 연회였다.
이진이 들어서자 한 여자가 인사를 했다.
"양징징입니다. 회장님을 모시게 되어 영광입니다."
분명 본 적이 있는 여자였다.
"영화배우 양징징입니다. 대륙의 여신으로 불리는데……."
"아아! 반가워요."
문소영의 설명에 이진이 손을 내밀었다.

양징징이 무릎을 굽히며 손을 살짝 잡더니 말했다.

"오늘 제가 회장님을 모시게 되었습니다."

이건 무슨 말일까?

이진은 잠깐 당황했지만 곧 손을 놓고 함께 안으로 들어갔다.

"전 밖에서 대기하겠습니다."

돌아보니 문소영이 의미심장한 표정으로 이진을 바라보고 있었다.

큭.

"그래요."

이진은 한마디 하고는 안으로 들어갔다.

안에는 시진핀을 비롯한 중국 국무위원 몇이 있었고, 장성택도 있었다.

그리고 많은 수의 여자들이 시중을 들고 있었다.

모두들 미모가 뛰어난 젊은 여성들이었다.

그리고 몇 명은 TV 화면에서 본 적이 있는 얼굴들이었다.

양징징은 이진의 곁에 바짝 붙었다.

"오랜만에 편안한 자리를 마련했습니다. 괜찮겠지요. 이회장님?"

"그럼요. 감사드립니다."

"이분이 누구이신지 알지요?"

"예, 주석님!"

양징징이 시진핀의 말에 대답했다.
"잘 모셔요."
"예."
짧은 대화 후 자리에 앉았다.
이런저런 이야기가 오갔지만 정치나 경제에 대한 대화는 없었다.
사소한 일들이 화제에 올랐고, 이진은 묵묵히 술잔을 기울였다.
잔이 비면 다시 잔을 채우는 양징징.
이진은 슬며시 그녀의 어깨를 감싸 안았다.
아무런 저항 없이 안겨 드는 양징징.
분명 메리 앤과는 다른 느낌이었다.
그런 이진을 향한 눈길이 수도 없이 느껴졌다.
이진은 마치 술에 취한 것처럼 양징징과 은밀한 대화를 나누며 스킨십을 했다.
그리고 몇 시간이 지난 후, 파티가 끝이 났다.

이진은 말없이 호텔로 이동했다.
양징징이 따라왔다.
문소영의 머리가 자꾸 뒤쪽으로 향하려 한다.

이진은 슬그머니 웃었다.

호텔에 도착하자 이진이 지시를 내렸다.

"이분에게 방을 하나 내줘요."

"예, 회장님!"

"일단 올라가 쉬어요."

"예."

양징징이 수줍은 미소를 지으며 객실로 들어갔다.

이진 역시 객실로 들어와 넥타이를 풀었다.

"회장님! 오늘 양징징과 합방하시겠습니까?"

"예?"

엄밀히 말하면 문소영은 메리 앤의 사람이다. 그런데 그런 말을 하니 이상했다.

"준비시킬까요?"

"저기, 문 실장님!"

"예, 회장님!"

"지금 나한테 양징징과 잘 거냐고 물은 거 맞죠?"

"예."

"왜요? 메리에게 이르려고요?"

"풋!"

이진의 말에 문소영이 입을 막고는 웃었다. 그러더니 정색을 한다.

"중전마마께서는 항상 받아들일 준비가 되어 있으시다고 제게 말씀하셨습니다. 그러니 그런 염려는 하지 않으셔도……."
"받아들이다니요? 뭘요?"
"일반 서민들도 삼처 사첩 거느리던 시절이 있었습니다. 게다가 테라는 왕가입니다. 그러니 더 자손을 얻을 수 있다면……."
"양징징은 짱깨인데요?"
"그러고 보니……."
문소영의 표정이 돌연 달라진다. 당황한 것이 분명했다.
"내가 안 데려오면 성의를 무시한다고 여길까 봐 데려온 거예요."
"아, 예. 제가 오해를 했습니다."
"아니에요. 그런데도 정 문 실장님이 권하신다면 하는 수 없죠. 제가 오늘 양징징과 하룻밤을……. 안 이를 거죠?"
"회장님!"
문소영이 그제야 이진이 장난을 친다는 것을 눈치챘다.
"내겐 메리밖에 없어요. 잘 말해서 돌려보내요."
"예."
문소영이 감동한 표정으로 방에서 나갔다.
이진은 샤워를 한 후 파자마 차림으로 소파에 앉았다.
그리고 모나노 빨간 펜을 꺼냈다.
비행기에서 꾼 꿈이 머리에서 내내 떠나지 않았다.
심지어 꿈인지 현실인지조차 구분이 가질 않는다.

그러나 그것이 꿈이라면 지금 자신이 이진으로 이곳에 있는 것도 꿈이어야 했다.

이진은 빨간 펜을 들었다.

저절로 한 이름이 적힌다.

〈이재희〉

이놈이 왜?

이진은 잠시 자신이 적은 이름을 바라보다가 전화기를 들었다.

신호가 가자마자 굵은 중저음의 목소리가 들려왔다.

(회장님!)

"전에 와타나베 다카기에게 이재희에 대한 조사를 지시한 적이 있었어요."

(예, 알고 있습니다.)

"이재희를 디그니타스라는 안락사 병원에 이만식 회장이 입원시키려고 한 적이 있다더군요."

(예, 회장님!)

"그 이유를 중심으로, 유아 시절부터 광범위하게 조사를 좀 해 봐요."

(예, 회장님!)

전화가 끊겼다.

아무래도 전 과장이 확실한 조사를 하는 데는 적격이었다.

'처벌자라고? 그럼 죄지은 놈을 나더러 치죄라도 하라는 건가?'

이진은 비행기에서 꾼 꿈에서 들은 퍼니셔란 단어가 떠올랐다.

"다른 방법이 없어. 일단 테라에서 제시하는 금액에 나머지 사업체들을 넘기자."

이만식 회장의 입에서 항복 선언이 나왔다.

그의 앞에는 아들 이재희가 고개를 숙인 채 아무 말 없이 앉아 있었다.

분위기는 침울했다.

한국 기업사의 한 페이지를 장식했던 성산의 몰락은 이미 기정사실화된 상태였다.

그리고 이만식 회장은 기업을 시작하고 처음으로 완전한 항복을 선언하고 있었다.

"이게 다 네놈 때문이야. 베네수엘라 국채라니? 폐지로밖에 쓸 수 없는 걸 받자고 한 게 네 녀석이다."

베네수엘라는 몰락의 길을 걷고 있었다.

한창 고공 행진을 벌이던 유가는 순식간에 배럴당 100

달러 밑으로 내려가더니 이제는 40달러를 밑돌고 있었다.

유전과 베네수엘라 국채, 그리고 볼리바르의 가치는 순식간에 폭락했다.

결국 그걸 담보로 빌린 돈의 이자조차 갚지 못하는 사태가 온 것이었다.

이만식 회장의 질책에 이재희는 아무 말이 없었다.

현재 방법은 단 하나.

테라가 헐값에 나머지 회사들을 인수해 주는 것밖에는 없었다.

다른 회사들은 나서지 않을 것이 분명했다.

모두 테라의 눈치만 보는 입장이 되어 버렸으니까.

적어도 테라의 허락이 없으면 성산의 남은 자산을 인수해 줄 곳은 어디에도 없었다.

아들을 책망하기도 지친 것일까?

이만식 회장은 눈앞에 놓인 찻잔을 들어 단숨에 들이켰다.

차는 이미 식었지만 다시 가져오는 년도 없다는 생각이 들었다.

그때, 기다렸다는 듯이 이재희의 입이 열렸다.

"다 내 탓이네요."

낮고 강한 어조였다.

"너무 자책하진 마라."

자책하는 아들이 불쌍해 보였을까?

이만식 회장의 어조가 누그러졌다.

그 순간, 장남 이재희의 입에서 전혀 예상하지 못한 말이 들려왔다.

"그러게 내가 하루라도 빨리 넘기라고 했잖아요. 노인네가 똥고집 부리다가 이게 뭐야?"

"너, 너 방금 뭐라고 했니?"

이만식 회장의 눈이 부릅떠졌다.

이만식 회장은 몸을 일으키려 했다.

두꺼비 같은 손이 테이블을 잡았다. 그러나 곧 휘청거리더니 다시 소파에 주저앉으며 머리를 짚었다.

그러고는 찻잔을 내려다봤다.

"아직 촉은 있으시네요. 맞아요. 차에 몸을 편안하게 하는 성분이 좀 들었어요."

"뭐… 라고?"

"걱정은 말아요. 어차피 검출이 되는 성분은 아니니까. 그리고 고통도 줄여 줘요. 설마 내가 그래도 아들인데, 아버지를 힘들게 보내 드리기야 하겠어요?"

"이, 이놈!"

이만식 회장이 아들을 노려보며 울부짖었다.

그러나 딱 거기까지였다.

입에서는 거품이 흘러내리기 시작했다.

이재희는 곧바로 이만식 회장의 소파로 가 옆에 걸터앉

았다.

"아버지가 할 일은 다 했어요. 그러게 진즉에 넘기시지. 이게 뭐예요?"

"꾸르르륵!"

이만식 회장의 눈동자에서 천천히 빛이 사라져 갔다.

한 손으로 짚고 일어나려 안간힘을 썼지만 딱 거기까지.

그 손 위는 이재희의 손이 덮고 있었다.

"아버지 손이 그리울 겁니다. 이 손에 맞는 맛이 제법 매웠거든요."

"……."

이만식 회장은 턱을 뒤로 젖힌 채 코로 가쁜 숨을 쉬었다.

입에서 나오는 거품은 마치 끓는 것처럼 부글거렸다.

"어차피 우린 인간입니다. 밟을 때 확실하게 했어야 해요. 노인네들이 그걸 몰라?"

이재희의 말이 끝나자 이만식 회장은 움직임을 멈췄다.

이재희는 손가락을 가져다 자신의 아버지의 코에 댔다.

확인을 하는 것이다.

그러고는 곧바로 폰을 집어 들었다.

이제는 흔한 6G 스마트폰이 아닌 구형 성산 폴더폰이었다.

누구와 통화를 하는 것일까?

그러나 그걸 알 도리는 없었다.

"끝났어요. 그쪽은요?"

이재희는 그 말을 하고는 그냥 듣기만 했다.
그리고 폴더 덮개를 덮었다.
벌떡 일어선 이재희가 갑자기 얼굴에 힘을 주기 시작했다.
피가 모이며 살찐 얼굴의 피부가 부들부들 떨렸다.
그러고 난 이재희는 곧바로 밖으로 뛰쳐나가며 소리쳤다.
"앰뷸런스 불러요! 회장님 쓰러지셨어요."
곧바로 우당탕거리는 소리가 들려왔다.

〈성산 이만식 회장, 심장마비로 쓰러져.〉
〈성산 이만식 회장, 거듭되는 사업 실패로 뇌 질환 재발.〉
〈장남 이재희 부회장이 발견, 성산병원 초긴장.〉
〈성산의 예견된 몰락. 남은 지분과 사업체 테라로 넘어갈 듯.〉

성산그룹 이만식 회장의 사고 소식이 매스컴에 오르내린 시간은 딱 닷새 정도였다.
그리고 곧바로 부고가 들려왔다.
이만식 회장이 회복하지 못하고 영면에 든 것.
중국에서 화웨이의 런정페이를 접견하고 귀국한 이진은 사실 크게 놀랐다.

런정페이는 결국 항복을 선언했다.

테라에서 6G 통신 장비를 공급받기로 한 것이다.

물론 기업 공개도 약속했다. 이진은 이어 시진핀에게 중국 정부의 직간접적인 화웨이 지원의 중단을 요구했다.

'좋습니다. 대신 테라도 미국 정부에 우리 정보를 제공하면 안 됩니다.'

시진핀은 단서를 달았고, 이진은 그걸 받아들였다.

귀국 후에는 바빴다.

한국 테라 지주 관리팀장의 구속으로 시작된 부정부패에 대한 수사는 광범위하고 빠르게 진행되었다.

연루된 이사만 20여 명.

결국 서울중앙지검은 대규모 수사팀을 새로 꾸려야 했다.

가장 각광을 받은 사람은 다름 아닌 전경일 부장검사였다.

테라에 대한 공격이라고 여겼을까, 아니면 길들이기라고 여긴 것일까?

법무부 장관은 곧바로 전경일 부장검사를 서울중앙지검장으로 승진시키더니 테라에 대한 수사 총책을 맡겼다.

이진이 보기에 아이러니한 일이 아닐 수 없었다.

아무튼 11월 내내 수사가 진행되는 가운데 이만식 회장의 부고가 들려온 것.

이진은 메리 앤과 문상에 나섰다.

사업은 망했지만 장례식장은 인산인해였다.

이진과 메리 앤이 나타나자 기다렸다는 듯 카메라 플래시가 터졌다.

"회장님! 한 말씀 해 주시죠."

"삼가 고인의 명복을 빕니다."

이진은 짤막하게 말한 후 곧바로 빈소 안으로 들어갔다.

이만식 회장이 이진을 보고 웃고 있었다.

국화 한 송이를 놓고 머리를 숙이는 이진에게 이만식 회장이 말을 거는 것 같았다.

'내가 들어가자니 감옥에서 초상 치를 것 같단 말이지. 이보게, 박 서방!'

이진은 쓴웃음이 흘러나왔다.

그때, 옆에서 낮고 싸늘한 음성이 흘러나온다.

"여기가 어디라고 와. 다 너희 테라 때문에 아버지가 돌아가신 거야."

"서경아!"

이서경이 한 말이었고, 말린 것은 이재희였다.

이진이 바라보자 이재희가 웃는다.

'이 새끼 봐라. 제 아버지가 죽었는데 웃어?'

이진은 이서경보다 이재희가 더 어이가 없었다.

"와 주셔서 감사드립니다, 이 회장님! 잠깐 시간 좀 내주실 수 있을까요?"

"예. 그러죠."

거절할 수 있는 일이 아니었다.

이진은 이재희를 따라 별도로 마련된 접견실로 들어가야 했다.

이재희와 단독으로 마주 앉자 기분이 묘했다.

한때는, 아니 전생에서는 손위 처남이었다.

박주운을 벌레 보듯 하던 인간.

"이렇게 급작스럽게 돌아가실 줄은 몰랐습니다. 와병 중이신 것을 알았으면 진즉에 찾아뵐 걸 그랬습니다."

"하하하! 그러셨다고 달라질 것은 없지요. 아버지께서 유언을 남기셨습니다."

"경청하겠습니다."

"새로울 것은 없습니다. 테라의 제안을 받아들이기로 했습니다."

"그러셨군요."

이미 예전에 제안했던 것들이다.

남은 성산 관련 주식과 몇몇 기업들, 그리고 유전을 넘기려는 것.

문제는 역시 베네수엘라였다.

그 많은 채권과 볼리바르 화폐가 거의 폐지가 되었을 텐데…….

그때, 이재희의 입에서 뜻밖의 말이 나왔다.

"아버지는 베네수엘라 건으로 미루셨지만 난 아닙니다. 그건 포기하지요."

"아……."

뭐, 나쁠 것 없었다.

인수해 달라고 해도 인수해 줄 용의도 없었고 말이다.

그러나 너무 순순히 물러나는 것이 의아했다.

"해양은 어떻습니까?"

"우리가 인수하지요."

해양도 거의 망한 것이나 마찬가지였으나 시간이 지나면 꼭 필요해질 것이 분명했다.

돈이 쌓여 숨조차 쉬기 힘든 상황에서 인수해서 나쁠 것은 없었다.

이로써 이진은 10억 달러를 투자로 시작한 5대 기업 인수의 정점을 찍게 된 것이었다.

그런데 좀 의아했다.

그래도 가업이나 마찬가지인데 이렇게 순순히 포기하려는 것일까?

"사업에서 손을 떼실 생각이십니까?"

"하하하! 그래야지요. 난 아버지가 아니거든요."

난 아버지가 아니다?

그 말이 이진은 무언의 협박처럼 느껴졌다.

그러나 더 시간을 끌 필요는 없었다.

"장례가 끝나는 대로 절차를 밟으시죠."

"그럴 것 없습니다. 이미 준비하고 있었으니 곧바로 실무단을 보내지요."

"아! 좋습니다. 그럼 바쁘실 텐데 이만……."

이진은 자리에서 일어났다.

뭔가 의아하다.

아버지 이만식 회장은 반대했는데 이미 실무단이 꾸려져 있다?

그리고 장례를 치르는 와중에 남은 가업을 넘긴다?

의문이 꼬리를 이었다.

그러나 이진은 일어나 자리를 나와야 했다.

밖으로 나오니 복도가 왁자지껄했다.

그리고 메리 앤이 사람들에게 둘러싸여 키가 한참 작은 한 중년 여자와 이야기를 나누고 있었다.

바로 여자 대통령이었다.

이진은 속도를 늦춰 인사가 끝난 후 메리 앤에게 다가갔다.

"갈까?"

"육개장 안 먹고요?"

"……"
"농담이에요."
메리 앤이 앞장섰다.
"뭐래?"
"고집이 대단하신 분이네요."
"그래?"
대통령에 대한 소감을 물었고 메리 앤은 답변을 했다.
돌아오는 내내 이진은 머릿속이 복잡했다.
그리고 성북동에 도착하자 전 과장으로부터 들어온 보고를 문소영이 들고 왔다.

"빈센트 록펠러와 론 블랭크파인이 죽었다고요?"
"예. 전 과장이 확인을 했답니다."
"어떻게요?"
"빈센트 록펠러는 병사, 론 블랭크파인은 사고사입니다."
빈센트 록펠러의 경우 나이가 많았다. 그러니 병사라고 해도 이상한 일은 아니다.
게다가 빈센트 록펠러는 외부에 많이 알려진 인물은 아니니 그의 죽음은 록펠러 가문의 장례로 조용히 치러졌다는 것이다.

론 블랭크파인은 비행기 사고.
원인은 기상 악화에 의한 돌발 사고란다.
이상한 일이 아닐 수 없었다.
그리고 한국에서는 이만식이 죽었다.
턱을 괴고 앉은 이진에게 문소영이 귓속말로 속삭였다.
"그리고 SEE YOU 라인이 연락을 받지 않는답니다."
"뭘 속삭여요. 입술 닿겠네. 문 실장님?"
"소, 송구합니다."
메리 앤이었다.
문소영이 황급히 뒤로 물러났다.
"무슨 일?"
"전 과장에게 보고가 왔어."
"아, 알고 싶지 않네요."
메리 앤은 얼른 한발 물러났다.
메리 앤이 전면에 나서서 하는 일이 지금은 많았다.
그 일에 집중하겠다는 말이었다.
이진은 웃으며 씻겠다며 욕실로 향했다.

욕실에서 가만히 오늘 일을 돌이켜 봤다.
이재희는 아버지를 잃은 사람처럼 보이지 않았다.
그리고 빈센트 록펠러와 론 블랭크파인이 죽었다.
SEE YOU에서 가장 나이가 많은 사람이 그 둘이다.

더구나 빈센트 록펠러는 이진을 SEE YOU에 가입시킨 사람이었다.

속은 알 수 없지만, 나이에 비해 굉장히 합리적인 사람.

그러나 이후 SEE YOU와 협력한 것은 유가 조절 정도가 전부였다.

도움을 청하지도 않았지만, 도움을 받지도 않았다.

우연일까?

이재희는 이미 결정된 것이나 다름없는 계약이 왜 그렇게 급한 것일까?

그리고 이만식 회장이 죽은 시기에 그들은 왜 둘이나 죽은 것일까?

의문이 꼬리를 이었다.

이진은 황급히 세수를 하고는 밖으로 나왔다.

메리 앤이 기다리고 있었다.

아이들은 어머니 데보라 킴이 있는 이스트사이드에 다니러 간 상태.

둘만의 오붓한 시간이 기다리고 있었다.

"산책이나 한번 할까?"

"추울 텐데 괜찮겠어요?"

"응!"

이진의 대답에 메리 앤이 트레이닝복으로 갈아입고 나왔다.

산책이래 봐야 성북동 한옥 마을을 한 바퀴 도는 것.

시간이 늦어서인지 인적은 드물었다.

경호원들이 뒤를 바짝 따랐다.

"우리 부부 대화 엿듣는 거 아니면 조금만 떨어져서 따라와 줘요, 마이크!"

"예, 써!"

마이크가 음흉하게 웃으며 경호원들을 떨어트렸다.

그러고 나서야 이진이 입을 열었다.

"전에 비상 계획 세운 거 알지."

"……."

메리 앤이 걸음을 딱 멈춘다.

그녀의 향기가 밤공기를 타고 이진에게 밀려들었다.

이진은 얼른 팔짱을 꼈다.

그러자 메리 앤이 대답을 했다.

"무슨 일 있어요?"

"아니. 혹시나 해서 물어보는 거야."

"당연히 알죠."

"다른 아는 사람은 없지?"

"당연하죠. 문 실장한테도 말 안 했어요."

"잘했어. 남은 계좌 이야기도?"

"응! 아무도 몰라요."

이진은 남은 10개의 비밀 계좌에 대해서도 메리 앤에게 물었다.

9개의 계좌를 오픈했고 남은 것이 10개.

거기에 뭐가 들어 있는지 아는 사람은 세상에 이진과 메리 앤밖에 없었다.

"당신도 알겠지만, 테라의 외형이 너무 커졌어. 예전 같지 않아."

"나도 그렇게 생각해요. 이번 일 치르면서 보니까 곳곳이 지뢰밭이더라고요."

메리 앤도 이진의 말에 공감했다.

외형이 커지면서 곳곳에 문제가 산재했다.

그리고 정작 작고 강한 조직을 위주로 움직이던 옛 방식에서 벗어나지 못한 것은 자신이란 자책이 들었다.

"난 말이야. 좀 과감하게 나가려고 그래."

"나도 동의!"

메리 앤이 짧게 이진의 편이 되어 주었다.

"정말?"

"당신이 옛날 같지 않아. 하기야 생각할 게 많아지긴 했죠. 어쩌면 그래서 더 문제가 생기는 건 아닌가 싶더라고요. 우리가 뭐 잘못하는 게 있는 것도 아닌데, 다른 사람들 생각을 너무 고려하는 것 같기도 하고……."

"어쩌다 보니 그렇게 됐네."

이진은 메리 앤의 말에 공감했다.

책임이란 것을 내세우다 보니 정말 그렇게 되었다.

메시아가 되려고 했다는 꿈속의 말이 정확했다.

퍼니셔가 되라는 말이 할 일을 하라는 뜻인가?

"상관없어요. 우린 생각이 좀 다르잖아요. 아마 당신 데이 트레이딩 실력이면 다 날려도 굶어 죽진 않을걸요?"

"그런가?"

이진은 메리 앤의 얼토당토않은 말에 웃어야 했다.

산책은 꽤 오랜 시간 이어졌다.

그리고 많은 이야기들이 오갔다.

재벌집 망나니
7대독자

 2013년이 막바지에 이르면서 테라에 불어닥친 사정의 칼날은 조금씩 수그러 들어갔다.
 하지만 조사는 계속 진행되고 있었기에 이진이 나설 여지가 없었다.
 12월 12일, 장성택이 처형되었다는 소식이 들려왔다.
 문소영은 이진을 보며 혀를 내둘렀다.
 그리고 전 과장에게 지시한 이재희에 대한 조사 결과가 나왔다.
 전 과장에게 지시를 받은 송영중이라는 직원이 성북동 집으로 이진을 직접 찾아왔다.
 이진이 소식을 듣고 서재에 나타났을 때는 대형 TV 모니터가 설치되어 있었다.

"송 팀장, 오랜만이에요."

"저 역시 오랜만에 회장님을 뵙습니다."

에티오피아 기지의 군사 교관이자 전 과장의 측근으로, 모든 작전에 대한 계획은 그의 머리에서 나온다고 알고 있었다.

"성과가 좀 있어요?"

이진은 먼저 이재희에 대한 조사의 성과에 대해 물었다.

성과가 있으니까 직접 성북동까지 들어왔을 것이다.

그럼에도 확인이 필요했다.

그동안 내내 명상과 빨간 펜은 이재희만을 나타냈다.

마음이 조급하지 않을 수 없었다.

"지시하신 조사가 일부 끝이 났습니다. 먼저 비디오를 보시면서 설명 드리겠습니다."

"비디오라……. 틀어 봐요."

볼 것이 있다는 말에 이진은 영화를 볼 것처럼 소파에 몸을 묻었다.

그때, 메리 앤이 차를 들고 나타났다.

"영화 봐요? 그럼 나도 같이 봐요."

아닌 줄 알면서 영화를 보느냐고 묻는다.

"송구합니다. 함께 보시기에 그다지 적합하지 않은 내용입니다."

한마디 했다가 송 팀장으로부터 곧바로 거부당한 메리 앤. 당황한 듯 농담을 했다.

"야동이에요? 호호호! 농담!"

메리 앤이 차를 내려놓고 나갔다.

송 팀장은 곧바로 플레이 버튼을 눌렀다.

치지지직.

화질이 좋지 않은 걸 보니 오래된 비디오 파일임이 분명했다.

한 여자가 등장했다.

비교적 나이가 들어 보인다. 대략 마흔을 넘기지 않은 정도.

"누구예요?"

"정미선이란 배우입니다. 예전에 한국에서 톱스타였습니다."

"아! 어디서 많이 봤다 했어요. 정미선! 나도 좋아했는데……."

박주운도 좀 어렸을 때였다.

트로이카 시대를 이끌던 여배우 중 하나.

아마도 1980년대일 것이다.

그런데 지금 스크린에 나오는 여자가 그 정미선이란 이야기.

"전성기에 갑자기 활동을 중단했습니다. 이후로는 행방이 묘연했습니다."

"저 여자가 이재희와 관계가 있어요? 저 연도쯤이면 이재희가 성년이 되기 전일 텐데?"

"예, 맞습니다. 더 보시죠."

마치 정미선의 홍보용 동영상을 보는 것 같았다.

여러 번 의상을 갈아입으며 포즈를 취하는 것이 보였다.

그리고 곧 이상한 장면이 나타났다.

의자에 묶인 정미선이 한동안 클로즈업 되었다.

그리고 정미선이 의식을 차리는 것 같더니 곧 눈을 뜬다.

그때, 목소리가 들려왔다.

『이름?』

『…….』

정미선은 대답이 없었다.

단지 간신히 눈을 뜨면서 상대를 바라볼 뿐이다.

『이름이 뭐냐니까?』

『저, 정미선… 이요. 왜 이러세요? 사, 살려 주세요.』

정미선이 이름을 말하더니 다짜고짜 살려 달라고 한다.

그러자 남자의 목소리가 들려왔다.

『걱정 마. 더 좋은 곳으로 갈 테니까. 신께서 널 선택하셨다.』

『제… 제발!』

정미선이 울먹이는 사이, 마치 과거 미국에서 유행했던 KKK단처럼 머리까지 천을 뒤집어쓴 두 사람이 좌우에 나타났다.

두 사람은 알 수 없는 주문 같은 것을 끊임없이 중얼거렸다.

"무슨 사교 의식 같은 걸로 보입니다만, 정확한 것은 알아내지 못했습니다."

송 팀장이 이진에게 설명을 했다.

정미선이 끊임없이 울먹이며 살려 달라고 말할 때, 메인인 남자 앞으로 날카로운 칼 하나가 나타났다.

역시 놈의 모습은 보이지 않는다.

길고 날카로운 칼은 정미선의 목덜미로 다가가더니 곧바로 아래로 향하기 시작했다.

화질이 그다지 선명하지는 않았지만 그래도 피가 방울방울 솟아오르는 것이 보인다.

정미선의 공포에 질린 얼굴이 클로즈업되고 있었다.

믿기지가 않을 정도였다.

사실이라고 보기 어렵다.

그러거나 말거나 정미선의 옷을 찢으며 내려가던 칼은 곧 복부에 도달하더니 다시 위로 올라가 가슴 부분에서 멈춰졌다.

그리고 카메라 렌즈가 갑자기 터져 나온 붉은 액체로 덮여졌다.

화면은 보이지 않고 살을 베는 것 같은 칼 소리와 함께 거친 남자의 숨소리만 들려오기 시작했다.

입을 막았는지 정미선의 비명도 들려오지 않았다.

그리고 어느 한 순간.

『이게 뭐 하는 짓이냐?』

누군가의 고함과 함께 카메라 렌즈는 바닥을 향했다.

떨어진 카메라의 렌즈에는 입에 재갈이 물린 채 눈을 부릅뜬 정미선의 얼굴이 그대로 투사되었다.

'죽은 거야?'

정미선은 아무런 움직임을 보이지 않고 있었다.

마치 오래된 스릴러 영화의 한 장면을 보는 것 같은 느낌이 들었다.

더 이상 소리는 들려오지 않았고, 동영상 역시 이어지지 않았다.

마지막에 들린 목소리는 많이 들어 본 목소리다.

특유한 억양이 이진이 알고 있는 사람임을 증명한다.

바로 이만식 회장이다.

그 목소리를 이진이 모를 리 없었다.

그렇게 화면은 끝이 났다.

"대체 이게 뭐예요?"

"디그니타스를 조사하던 중에 입수했습니다."

"디그니타스 병원에서요?"

"아닙니다. 이미 은퇴한 직원이 가지고 있었습니다. 당시 비밀 유지를 조건으로 이 비디오 클립을 이만식 회장이 디그니타스 주치의에게 제시했던 모양입니다."

"이만식 회장이요?"

의외다.

가족사에 얽힌 비밀들은 사위인 박주운에게도 비밀로 하던 인간이다.

그런데 병원 측에 저런 동영상을 제공하다니…….

"저게 실제예요?"

"예. 저희가 분석한 바로는 실제 살인 장면임이 분명합니다. 여자는 분명 당시 유명 여배우인 정미선입니다. 한국 경찰 기록으로는 현재까지 실종 상태로 남아 있습니다."

"그럼 누가 정미선을 죽였단 말이에요?"

"바로 저 칼을 쥔 음성의 주인입니다. 음성 정밀 분석을 통해 대조를 했습니다. 분명 파장이 이재희와 일치했습니다."

이진은 화들짝 놀랐다.

저런 짓을 이재희가 저질렀다고?

박주운으로 이재희와 살 때…….

좋지 않은 인간이란 것은 알고 있었다.

어디 이재희뿐이겠는가?

와이프였던 이서경 역시 폭력이 다반사였다.

화만 나면 사람들을 향해 무언가를 집어 던졌었다.

그러나 그런 폭력과 의도적인 살인은 전혀 다르다.

이진은 확인을 해야 했다.

"저 영상이 실제란 말이죠? 그럼 이재희가 살인을 했고, 그걸 이만식 회장이 은폐했단 말이 되잖아요?"
"예, 그렇습니다."
"……"
이진은 침을 꿀꺽 삼켜야 했다.
송 팀장이 물었다.
"잠시 쉴까요?"
송 팀장의 말에 이진은 고개를 끄덕였다.
사실 쉬고 싶지는 않았다.
하지만 저게 사실이라면 보통 일이 아니었다.
빨간 펜은 이재희의 살인을 밝혀내라고 그렇게도 이재희란 글자를 쓰도록 만든 것일까?
그건 아닐 것이다.
세상에 살인을 하는 사람이 이재희 한 명은 아닐 테니까.
"저 일 때문에 이재희를 이만식 회장이 디그니타스 병원에 보냈다. 안락사를 시키려고?"
"일종의 협박용이었던 것 같습니다. 고등학교 2학년이었습니다."
"저런 일을 다시 저지르면 죽이겠다고 이만식 회장이 협박을 했다고요?"
"예. 저희가 접촉한 병원 직원은 그렇게 진술했습니다."
충분히 그럴 수 있었다. 이만식 회장이라면 말이다.

"그래서요?"

"이재희에 대한 정보를 은밀하게 디그니타스 쪽에 제공했습니다. 진단은 한 의사에 의해 이루어졌는데, 소시오패스란 결론이 났습니다."

"그래서요?"

"구술로 들은 여러 건의 살인 진술이 있었습니다. 그것도 이만식 회장이 직접 자세히 진술했었다고 합니다."

"그래요? 그 진술을 들은 의사를 직접 만났어요?"

"만날 수 없었습니다. 이미 오래전에 살해당했습니다."

"이만식 회장이 진술을 한 후 처방을 받고 입막음으로 죽였다?"

이진이 다시 물었다.

"그건 정확하지 않습니다. 이재희가 죽였을 수도 있고요."

"어쨌든 그때 이재희가 거기 입원해서 위협과 치료를 받으면서 로스차일드 중 하나를 만났고, 그때부터 SEE YOU와 이재희가 연결됐다. 이렇게 해석하면 되는 거예요?"

"정확하십니다, 회장님!"

송 팀장이 고개를 숙였다.

이진이 눈을 가늘게 떴다.

그러자 송 팀장이 부연 설명을 했다.

"국민학교, 그러니까 초등학교 때부터 의심나는 점이 있었습니다. 이재희가 다닌 초등학교부터 대학교까지 의문사를 당한 사람이 총 12명에 달합니다."

"그렇게나……. 그게 다 이재희 짓이란 증거는 있고요?"

"아닙니다. 그러나 연관성은 분명 있습니다."

"만약 그게 사실이라면 정말 개새끼란 소리인데……. 그래서 그렇게……."

"짚이시는 것이라도 있으신지요?"

송 팀장이 묻자 이진은 빨간 펜에 대한 생각을 얼른 지워 버렸다.

어쩌면 정말 그래서 신이 이재희를 처벌하려 하는 것일 수도 있었다.

그 대리자가 이진 자신이고 말이다.

그렇다면 사람은 잘 골랐다.

박주운은 충분히 그럴 만한 명분을 가졌으니까.

비디오가 꺼지자 이번에는 문소영이 다시 따뜻한 차를 가지고 들어왔다.

그러고는 힐끗거리며 화면을 살핀다.

이 와중에도 이진은 웃음이 나오려 하는 것을 간신히 참았다.

문소영이 별 소득 없이 나가자 이진이 물었다.

"목소리의 남자가 이재희라는 걸 몇 퍼센트나 확신해요?"

"파일이 낡아서 음성 파형의 파라미터를 추출하는 데는

시간이 좀 걸렸습니다만, 95퍼센트 이상 일치합니다."

이진은 송 팀장의 말에 고개를 끄덕였다.

"그럼 디그니타스 직원이 저걸 몰래 지금까지 가지고 있었단 말이에요?"

"예. 저희가 접근하자 거액을 요구했습니다. 지불했습니다."

당연한 일이었다.

이진이 허락한 일이다.

"그리고 이 동영상을 넘기고 며칠 후 교통사고로 죽었습니다."

"예?"

"한밤중에 길을 건너다가 스카니아 트럭에 치여 죽었습니다."

"스카니아?"

"예. 뭐 짚이시는 것이라도……."

"아니에요."

이진은 말을 끊었다.

스카니아에 치여 죽어 본 몸으로서, 또 치어 죽을 뻔한 몸으로서 참 어이가 없었다.

정황상 살해된 것이 분명했다.

"어쩌면 이재희가 저질렀을 수도 있는 살인의 희생자 명단입니다. 현재까지 밝혀진 것이 하나도 없습니다."

"……."

"그리고 특이한 일이 발생했습니다. 총사께서 언급만 드리라고 했습니다."

전 과장의 팀장들은 그를 총사라고 부른다.

아마 전할 말이 있는 모양이었다.

"뭔가요?"

"빈센트 록펠러와 론 블랭크파인이 죽은 것은 아시지요?"

"예."

"그들의 사고 역시 자연사는 아닌 모양입니다. 두 가문이 세대교체를 이룬 것으로 보인다고 전하라고 하셨습니다."

세대교체라.

생각 안 해 본 것은 아니다.

그런데 그 시기가 참 공교롭다.

이재희가 얼마 안 되는 성산을 차지하게 된 이후 곧바로 발생했다.

"이재희에 대한 다른 증거는 없어요?"

"그게 사실이라면 내용을 다 알고 있을 만한 사람을 한 명 추적 중입니다."

누구인지 말을 안 해도 알 수 있었다.

바로 이창우 전략기획실장이다.

"이창우는 어디 있어요?"

"역시 아시는군요. 현재 행방이 묘연합니다. 추적 중에 있습니다."

이창우는 머슴 중의 머슴이다.

이만식 회장의 거의 모든 은밀한 일에 개입했으니까.

문제는 성산이 공중분해 되면서 그 역시 행방을 알 수 없다는 것이었다.

살아 있고, 지금 이 보고가 사실이라면 이재희 역시 이창우를 찾을 것이 분명했다.

그러나 그건 아니었다.

"이창우가 가지고 있던 해외 계좌에 거액이 오간 정황이 있었습니다. 그걸 토대로 추적 중입니다."

"예. 애써 주세요."

서둘러 찾아야 했다. 그러나 이진은 그저 애써 달란 말로 대신했다.

"예, 회장님!"

"그리고 참 이상하네. 성산이 지금 뭔 일을 벌일 여력은 없는데?"

"총사께서도 그 이야기를 하셨습니다. SEE YOU의 누군가가 이재희의 뒤를 봐주고 있는 것이 분명하다고 하셨습니다."

"그래요?"

"예. 엑손 모바일이 베네수엘라 유전 권리와 국채를 말도 안 되는 가격에 인수한다는 소문이 있습니다."

당장 베네수엘라 유전은 가치가 없다. 엑손도 철수를 했으니까.

그러나 미래에 상황이 개선된다면?

노다지가 될 가능성도 있다.

돈이 있다면 그걸 고려해 보지 않는 사람은 없을 것이다.

그러나 그런 간 큰 일을 벌일 사람이 얼마나 될까?

더구나 베네수엘라를 압박하고 있는 오바마 정권의 눈을 피해서?

SEE YOU 외에는 없었다.

'이게 뭔지 아니?'

어느 날 저녁, 데보라 킴이 커다란 흰색 양초 2개를 가지고 와서 이진과 메리 앤 앞에 보여 주면서 물었다.

'양초잖아요.'

'양초요.'

이진과 메리 앤은 이구동성으로 대답했다.

그러자 데보라 킴 옆에 있던 안나가 칼로 양초의 밑동을 잘라 버렸다.
 초의 심지가 드러나자 데보라 킴이 다시 물었다.

'이렇게 하면?'

 대답이 나올 리 없었다. 초 밑동을 자른다고 해서 초가 다른 것이 될 리는 없으니 말이다.
 둘 다 대답이 없자 데보라 킴이 입을 열었다.

'이건 너희 말대로 Candle(양초)이 맞아. 위로 난 초의 심지는 가장 높은 곳을 가리키고, 아래로 삐져나온 심지는 가장 낮은 곳을 가리키지.'

 이진과 메리 앤은 눈을 동그랗게 뜬 채 데보라 킴의 설명을 들었다.

'그러나 우리 테라는 항상 초의 몸통 안에만 있으려 해. 위 심지에서 타는 불은 불면 꺼질 테고, 아래 심지에서는 촛농이 끊임없이 떨어져 맞으면 뜨거울 테니까.'

 무슨 이야기인지 알아들을 리가 없었다.
 당시 이진의 나이는 4살이었고, 메리 앤은 그보다 많은

7살이었으니 말이다.

아무튼 데보라 킴의 투자 교육은 그렇게 시작되었다.

그녀는 이진의 아버지 이훈이 남긴 교육 방침에 따라 먼저 거래의 3요소부터 가르쳤다.

신속, 정확, 안전이 거래의 3요소다. 그중 테라는 안전을 가장 선호한다.

그리고 다음에 가르친 것은 다름 아닌 차트였다. 캔들, 선, 바 차트를 하나하나 직접 가르쳤다.

어느 차트든 맨 위에는 극단의 탐욕이 존재하고, 맨 아래에는 극단의 공포가 존재한다.

금융 시장은 극단으로 점철된다.

하지만 테라는 그 극단을 피하는 데 지금까지 최선을 다해 왔었다.

그러나 박주운이 이진이 되면서 이제는 캔들의 가장 위에서 활활 타오르게 된 것이다.

그 말은 표적이 되었다는 말이나 다름없었다.

비상 계획이란 그것을 염두에 두고 이진이 만든 것이다.

아니, 어쩌면 박주운이 만든 것일 수도…….

박주운의 경우 성산 이만식 회장을 뒷배로 뒀었지만 할 수 있는 일은 그다지 많지 않았다.

언제든 어디서든 이만식 회장이 그를 지켜보고 있었다.

작은 일 하나조차도 마음대로 할 수 없었다.

전화 한 통, 문자 한 통이 문제가 되었었다.

그래서 더 은밀한 자신만의 무언가를 가지려 했는지도 모른다.

언젠가는 이만식 회장, 아니 성산에서 벗어날 날을 위해서 말이다.

그러나 그건 무위로 끝나 버렸다.

이진은 다르다.

어려서부터 철저한 교육 시스템 아래에서 자랐다.

그래서 모든 일을 그 교육에서 배운 것을 실천하는 과정처럼 생각했다.

서로 다른 두 인격이 만나 다시 이진이 되었다.

비상 계획이란 어쩌면 이진이 아닌 박주운의 생각에서 나온 것인지도 모른다.

메리 앤은 그래서 이진이 비상 계획이란 것을 가지고 왔을 때 그냥 웃었다.

비상 계획이란 것은 평범한 목걸이였다.

거기에는 테라가 개발한, 아니 아직 상용화하지 않은 데다가 공개되지 않은 기술이 접목되어 있었다.

일종의 생체 변화 인식 기술이다.

사람의 몸은 위기에 민감하게 반응한다.

몸과 정신의 상태에 따라 피부가 수축과 이완을 거듭한다.

기분이나 환경의 변화에 따라 혈류의 흐름도 달라지고, 심장 박동 수도 달라진다.

생체 인식 기술이란 이것을 측정하는 것이다.

그래서 긴박한 변화가 나타나면 곧바로 연결된 경로로 정보를 발신한다.

물론 새 기술은 이런 것을 보다 정밀하게 여러 단계로 나누어서 측정할 수 있었다.

모두 5개를 만들었고, 이진과 메리 앤이 하나씩, 그리고 삼둥이의 목걸이로 하나씩을 걸어 두었다.

발신하는 정보는 경보라든가 아니면 메시지가 아니다.

장치에는 음악 파일만 들어 있을 뿐이다.

누가 장치에 대해 알았다고 해도 따로 문자나 음성을 전송하는 것이 아니라 무슨 내용인지 인지할 수 없다.

이런 장치를 만들어야겠다고 처음 생각했을 때는 바로 오 집사장 사건이 일어났을 때였다.

테라에는 사람이 없다는 생각을 이진은 그때 처음 깨달아야 했다.

인맥이 넓은 것으로 보이나 사실상은 그렇지 않다는 것.

세상에서 가장 믿을 수 있는 사람을 꼽으라면 고작해야 메리 앤과 아이들, 그리고 어머니 데보라 킴과 안나가 전부였다.

이제는 SEE YOU라는 비밀 결사의 회원이 되었지만, 그렇다고 해서 그들이 적이 아닐 수는 없었다.

어쩌면 빈센트 록펠러나 론 블랭크파인의 죽음, 그리고 이만식 회장이 죽음은 SEE YOU의 권력 구조에 지각 변동이 생겼음을 암시하는 일일 수도 있었다.

그래서 이진은 메리 앤에게 비상 계획에 대해 물은 것이었다.

다행히 메리 앤은 그 비상 계획을 잘 인지하고 있었다.

2013년 12월이 중반에 접어들고 있었다.

일도 많았다.

장성택이 처형당했고, 이만식 회장이 죽었다.

아베 신조가 야스쿠니 신사를 참배했다.

이진은 매스컴을 통해 아베 신조에게 공개적인 경고 메시지를 보냈다.

'아베 총리는 독일을 본받아야 한다.'

내용은 그게 전부였다.

그리고 12월 27일.

메리 앤이 아이들과 함께 미국으로 떠났다.

12월 28일.

5대 기업의 이사회가 각각 열렸다. 검찰 수사의 후속 조치가 시작된 것이다.

이진은 이사가 아니었기에 이사회 결과를 지켜보기만 해야 했다.

어두운 실내.

가면을 쓴 7명의 정장 남자가 원탁을 가운데 두고 앉아 있었다.

떨어져 있는 의자 하나가 있었는데, 그 의자에도 역시 가면을 쓴 남자가 앉아서 원탁을 지켜보고 있었다.

"테라가 전 세계의 화폐를 다 쓸어 담고 있어요. 그리고 다시 내놓지 않고 있고요. 이게 무슨 뜻일까요?"

이어 다른 한 남자가 입을 열었다.

"너무 내버려 둔 겁니다. 지나치게 커졌어요. 이렇게 계속 흘러가다가는 손도 대지 못할 겁니다."

"내부의 조직은요?"

"검찰 수사에서 크게 드러난 것은 없어요. 하지만 어디까지나 겉으로 보기에만 그런 거죠. 어쩌면 이진이 알고 있을 수도……."

그때, 원탁이 아닌 다른 의자에 홀로 앉아 있는 남자가 대화에 끼어들었다.

"그러니까 진즉에 없앴어야지요. 노인네들이 쓸데없이

망설이다가 뒤통수 맞은 겁니다."

남자의 목소리에 가면을 쓴 다른 남자들의 시선이 일제히 쏠렸다.

"그냥 없애 버리면……. 이혼을 없애 버린 결과가 지금인데……. 지금은 아이가 셋이나 있고, 메리 앤은 그렇게 만만한 상대가 아닐 텐데?"

"그러니까 씨를 말려야지요."

"꼭 필요할 때만 약으로 독을 써야지요. 아무 때나 독을 먹이면 이익이 안 돼요. 그동안 수고한 것은 아는데……."

원탁의 남자들이 한마디씩 하자 홀로 의자에 앉아 있던 남자가 벌떡 일어났다.

"나 원 참! 그렇게 망설이다 여기까지 온 거예요."

"그래도 우리에게는 아직 힘이 있어요. 테라는 에너지가 없잖아요."

"에너지가 없다? 한번 말씀 좀 해 보시죠?"

홀로 앉아 있던 남자의 말에 원탁의 남자들이 일제히 침묵했다.

누군가가 더 있는 것이다.

잠시 후, 목소리가 들려왔다.

"에너지원을 개발한 건 사실입니다. 하지만 지금은 속도 조절에 들어갔습니다."

"그럼 그 소문이 사실이란 말이에요?"

"예. 에티오피아 산업 시설과 평택 산업 시설 일부는 별도의 에너지원으로 운영되고 있지요. 석유는 아마 타격을 주지 못할 겁니다."

"그럼 뭘로 타격을 줄 수 있어요? 테라 페이만 해도 지금 전 세계 금융 거래의 20퍼센트를 넘어서고 있어요. 아마 1년만 더 지나면 50퍼센트를 넘어설 겁니다. 그때 가면……."

"바로 그게 문제입니다."

담담한 목소리.

칼칼한 듯 어눌하다. 영어가 말이다.

쉽게 예측할 수 있는 것은 의문의 목소리가 영어권에서 나고 자란 사람은 아니란 것이었다.

"그냥 하던 대로 하죠."

홀로 의자에 앉아 있던 남자의 목소리에 아무도 반응하지 않았다.

다시 의문의 목소리가 들려왔다.

"우리는 사업가이지 살인마는 아니잖아요. 안 그래요?"

들려온 목소리에 홀로 앉아 있던 남자의 몸가짐이 조심스러워졌다.

"그리고 그렇게 하려고 해도 안 되는 이유가 있어요."

"그게 무슨 말씀이십니까?"

홀로 앉은 남자가 물었다.

"테라에는 비밀 계좌가 19개 있어요. 대대로 내려온 겁니다. 그중 9개가 오픈되었어요. 그게 이 정도인 겁니다."

"그럼 나머지 10개는요?"

"뭐가 들어 있는지 모릅니다. 어쩌면 여기 모이신 분들에 대한 정보일 수도 있고, 엄청난 보물일 수도 있지요."

남자의 목소리에 모두들 서로를 바라본다.

9개의 계좌만 오픈했는데 테라는 지금 세계 1위다.

남은 10개의 계좌가 오픈된다면?

더 막강한 힘을 가지게 되지 않을까?

"이진을 없애면 메리 앤이 아이들을 데리고 전에 데보라 킴이 한 것처럼 숨어 버릴 겁니다."

"맞습니다. 그때도 모든 것이 오픈될 거라 생각했는데 아니었지요."

이훈의 죽음.

그 은밀한 이야기가 오고 가고 있었다.

테라가 가진, 테라가 숨긴 것이 전부 나올 줄 알았는데 오히려 숨어 버렸다는 이야기였다.

"또 당장 타격을 줘도 10개의 비밀 계좌가 있고 아이들이 있잖아요. 그 아이들, 보통이 아니라면서요?"

"예. 기술이 아이들의 재능에서 나왔다는 것이 사실인 것 같습니다."

"그럼 나중에 셋입니다. 이진 하나인데도 지금 이 상태가 됐어요."

악마 • 313

"그냥 가족을 전부……."

홀로 앉아 있던 남자가 참지 못하고 다시 입을 열다가 만다.

눈총이 일제히 쏟아진 것이다.

"다시 말하지만 우린 사업가이지 살인마가 아닙니다. 지금 미스터 리는 그게 가장 문제예요."

"주, 주의하겠습니다."

미스터 리라고 불린 남자는 고개를 숙였다.

다시 의문의 목소리가 들렸다.

"그리고 이번 일도 그래요. 아무리 각자 가문의 일이라지만……. 이런 식으로 세대교체를 하는 것은 용납하기 어렵습니다."

의문의 목소리에 몇은 고개를 끄덕였지만 몇은 아니었다.

"하지만 테라로 인해 위협을 받고 있는 상황이니 이번은 그냥 넘어갑시다."

"동의합니다."

"동의합니다."

동의한다는 말이 몇 마디 나왔다.

"이진을 제거하는 건 쉬워요. 하지만 그 전에 나머지 10개의 계좌를 알아내야 합니다."

"그거면 허락하시겠다는 말씀이십니까?"

"그때는 손을 써야지요."

의문의 목소리에 미스터 리라고 불린 남자의 손이 떨렸다.

회의가 이어졌다.

회의가 끝나고 나온 미스터 리란 남자가 가면을 벗었다.

이재희였다.

고등학교 때였을 것이다. SEE YOU와 연을 맺은 것이 말이다.

디그니타스 병원에서였다.

아버지 이만식이 참고 참았다면서 꺼내 든 칼이 안락사였다.

사실 당시 이재희는 당황하긴 했었다.

어렸을 때부터 무수히도 사고를 쳤지만 그걸 다 막아 준 아버지였다.

몇 번은 사람이 죽은 적도 있었다.

그래도 막아 줬는데…….

정미선이 죽자 상황이 달라졌다.

드러내 놓지는 않았지만, 아버지 이만식 회장이 자신이 오이디푸스 콤플렉스를 가지고 있다는 것을 안 것도 그때였을 것이다.

 정미선이 아버지 이만식 회장의 첩실이나 마찬가지였기 때문이다.

 그래서 디그니타스 병원이라는 극단적인 방법을 동원했을지도 모른다.

 아무튼 이재희가 아버지에게는 적대적이지만 이미 죽은 어머니에게는 호의적이며, 무의식적으로 성(性)적 애착을 가지는 복합 감정인 오이디푸스 콤플렉스를 가지고 있다는 것도 들통이 났다.

 스스로도 인정했다.

 그리고 그건 어쩌면 꼭 나쁜 일만은 아니었다.

 디그니타스에서 처음으로 SEE YOU에 대해 알게 되었으니 말이다.

 "미친 새끼들……. 지들이 무슨 신인 줄 아나?"

 이재희는 투덜거렸다.

 그동안 SEE YOU로 인해 손을 많이 더럽혔다.

 그러나 이재희의 입장에서는 그다지 나쁘지 않은 일들이었다.

 그렇다고 이재희는 SEE YOU에 충성할 생각은 없었다.

 단지 욕구를 해소할 수 있는 빌미를 주고 안전하게 지켜 주는 것이 SEE YOU이기에 붙어 있는 것뿐.

 이재희가 아는 가장 확실한 진리는 죽은 자는 말이 없다는 것이었다.
 이것에는 예외가 없다.
 그래서 문제가 생기면 살인으로 해결했다.
 묻히기만 한다면…….
 이보다 더 좋은 것은 없다.
 디그니타스 이후 한동안 살인을 하지 못했다.
 그러나 마음속에는 늘 살인 본능이 있었다.
 인간의 어느 본능보다도 강렬한 것이 살인 본능이었다.
 '모르는 놈들은 정말 모르지.'

6권에 계속

쓸모없는 유물조차도 맛있는 음식이 될 수 있다!
무엇보다 유물은 맛이 있다.
유물을 먹으면 먹을수록 나는 강해진다!
역사상 최초의 유물 먹는 헌터, 내 이름은 최강현.
잘 기억해 둬라!

어느 날 이세계로 떨어졌다.
집으로 돌아가기 위해 싸웠지만 허무하게 죽임을 당해야 했다.
그 순간 나타난 암흑신!
그와의 계약을 통해 복수할 기회를 얻었다.
나는 당연히 승낙했고, 이번에는 그것을 위해 싸우기로 했다.

1~2권 절찬 판매 중!!

2018년 대한민국 국민으로 살아가던 내가
무림이라는 이 말도 안 되는 세상에 떨어진 지 어언 30년.
알지도 못하는 세상으로 납치해
하루 이틀도 아니고 30년 넘게 무보수로 부려 먹어?
좋게 말할 때 밀린 봉급은 물론이고 퇴직금까지 다 토해 내라.

www.mayabooks.co.kr

www.mayabooks.co.kr